깨어 있는
마음으로
깊이 듣기

깨어 있는
마음으로
깊이 듣기

틱낫한 지음 / 진우기 옮김

시공사

차례 /

우리는 이 지구별이 우리 몸을 구성하는 모든 원소를 주었다는 사실을
대체로 잊어버린 채 살아갑니다. 우리의 살과 뼈와 모든 세포 안에 있는 물은
지구별에서 온 지구 몸의 일부입니다. 지구별은 단지 우리가
몸담고 살아가는 환경에 불과한 존재가 아닙니다.
우리가 바로 지구별이며 우리는 지구별을 늘 몸속에 지니고 다닙니다.

제 1 장 /

우리가
바로
지구별입니다

지금 이 순간 지구별은 우리 위, 아래, 주변은 물론 우리 안에도 있습니다. 어디를 보나 다 지구별입니다. 어쩌면 여러분은 지금 딛고 서 있는 땅만을 지구별이라고 생각해오셨는지도 모르지만 실은 강물과 바다, 하늘 그리고 주변 모든 것이 지구별에서 왔습니다. 우리 밖과 우리 안의 모든 것은 지구별에서 왔습니다. 우리는 이 지구별이 우리 몸을 구성하는 모든 원소를 주었다는 사실을 대체로 잊어버린 채 살아갑니다. 우리의 살과 뼈와 모든 세포 안에 있는 물은 지구별에서 온 지구 몸의 일부입니다. 지구별은 단지 우리가 몸담고 살아가는 환경에 불과한 존재가 아닙니다. 우리가 바로 지구별이며 우리는 지구별을 늘 몸속에 지니고 다닙니다.

깨어 있는 마음으로
깊이 듣기

이런 사실을 깨닫는다면 지구별이 진정 살아 있는 존재임을 알 수 있습니다. 이 아름답고 넉넉한 심성을 가진 별이 살아 숨 쉬는 존재로 현신한 것이 바로 '나'입니다. 이런 사실을 깨닫는 순간 나와 지구별의 관계는 변화합니다. 이전과는 다른 방식으로 지구별 위를 걷고 이전과는 다른 방식으로 지구별을 돌보기 시작합니다. 그리고 지구별과 완전한 사랑을 나누게 됩니다. 누군가를, 또는 무언가를 사랑하고 있을 때 나와 그 대상 사이에는 어떤 간극도 없습니다. 사랑하는 이를 위해 무슨 일이든 다 하며 사랑하는 대상을 통해 커다란 기쁨과 충족감을 얻습니다. 우리는 이토록 완전한 사랑을 지구별과 나누어야 합니다. 지구별이, 더불어 우리도 살아남으려면 말입니다.

지구별은 온 우주를
품고 있습니다

'지구별은 단지 나를 둘러싸고 있는 환경일 뿐이다.'

단순히 이렇게 생각한다면 지구별은 그저 나와 분리된 '타자'일 뿐입니다. 그런 시각으로 지구별을 본다면 '지구별은 나를 위해 무엇을 해줄 수 있나?'라는 생각만 할 것입니다. 사실 지구별과 우리는 궁극적으로 한 몸이고 한 존재입니다. 지구별을 깊이 들여다보면 태양, 별, 우주처럼 지구별 역시 '지구'가 아닌 요소들로 이루어진 것을 알 수 있습니다. 지구 상의 탄소, 규소, 철 같은 원소들은 아주 오래전에 저 멀리 있는 초신성supernova에서 형성된 물질입니다. 아스라이 먼 곳에 있는 별들도 지구에게 빛을 보내주었습니다.

꽃을 들여다보면 꽃 역시 다양한 요소로 구성되어 있음을 알 수 있습니다. 이를 두고 '형성된 존재formation'라 부릅니다. 한 송이 꽃은 '꽃'이 아닌 여러 가지 요소로 이루어져 있습니다. 실은 온 우주가 한 송이 꽃 속에 들어 있습니다. 꽃을 깊이 들여다보면 해와 흙과 비와 정원사가 보입니다. 마찬가지로 지구별을 깊이 들여다보면 온 우주가 그 안에서 보입니다.

두려움과 미움, 화 그리고 소외감과 고립감은 실은 내가 지구별과 분리되어 있다는 생각에서 비롯한 것입니다. '나를 중심으로 우주가 돌아간다'라고 여기는 마음은 그저 나 하나만의 생존을 염려하는 것입니다. 혹여 지구별의 건강과 안녕에 마음을 쓰는 순간이 있다 해도 그 역시 나 자신을 위해서일 것입니다. 대기를 깨끗이 하려는 것은 내가 그 공기를 호흡해야 하기 때문이고, 물을 깨끗이 하려는 것은 내가 그 물을 마셔야 하기 때문입니다. 물론 환경을 위해 재생용품을 사용하고 환경 단체에 기부도 하겠지만 그것만으로는 부족합니다. 지구별을 바라보는 시선과 지구별과의 관계를 근본적으로 개선해야 합니다.

우리는 지구별을 생명이 없는 물질로 여깁니다. 이러한 생각은 우리가 지구별에서 분리되어 소외된 삶을 살기 때문입니다. 심지어 우리는 자신의 몸에서도 분리되어 있습니다. 매일 몇 시간씩 나에게 몸이 있다는 사실조차 잊고 살아갑니다. 지금 하고 있는 일과 당면 문제에 너무 몰두한 나머지 마음만이 전부가 아님을 잊고 삽니다. 그렇게 몸에 관심도 없고 몸을 잊어버린 채 살다 보니 질병에 걸리는 사람이 많아집니다. 몸만이 아닙니다. 지구별도 잊고 삽니다. 지구별이 내 안에 있고, 내가 지구별 안에 있다는 사실을 완전히 망각합니다. 그렇게 오랫동안 지구별을 돌보지 않다 보니 이제 지구별도 나도 병이 들었습니다.

풀잎 한 장, 나무 한 그루도 깊이 들여다보면 그저 단순한 물질이 아님을 알 수 있습니다. 그들은 그들만의 '앎'을 지니고 있습니다. 씨앗은 뿌리를 내리고 잎과 꽃을 피워 열매를 맺는 법을 압니다. 소나무 역시 단순한 '사물'이 아닙니다. 소나무는 그만의 '앎'을 가지고 있습니다. 먼지 한 톨조차 단순히 죽은 물질이 아닙니다. 그 작은 먼지 안에 들어 있는 수많은 원자 하나하나에는 그만의 '앎'과 생생한 '실재'가 있습니다.

사물의 심층에 놓인 이런 비이원성非二原性, 즉 '둘이 아닌 성품'을 이해하는 것을 산스크리트어로 '아드바야 갸나advaya jñana'라 합니다. 이를 해석하면 '불이지不二智'라 하는데 이는 '분별하지 않는 지혜'를 의미합니다. 즉, 개념의 세계를 초월하여 사물을 보는 방식이라 할 수 있습니다. 고전 과학은 마음이 존재하지 않는 상황에서도 객관적 현실이 존재한다는 믿음에 기반을 두고 있습니다. 하지만 전통 불교에서는 마음과 그 마음이 포착하는 대상이 동시

깨어 있는 마음으로
깊이 듣기

에 나타난다고 합니다. 마음과 마음이 인식하는 대상을 분리할
수가 없는 것입니다. 마음의 대상은 바로 마음이 만들어내는 것
이니까요. 내가 주변 세상을 어떻게 인식하는가는 전적으로 그것
을 어떻게 보는가에 달려 있습니다.

　지구별을 '숨 쉬며 살아 있는 생명체'로 이해할 때 우리는 비로
소 나와 지구별을 함께 치유할 수 있습니다. 몸이 아프면 모든 것
을 멈추고 휴식하며 몸에 관심을 기울여야 합니다. 생각을 멈추
고 오직 들이쉬고 내쉬는 숨으로, 즉 내 몸으로 돌아와야 합니다.
내 몸을 '세상이 이루어놓은 경이'로 본다면 지구별 역시 '세상이
이루어놓은 경이'로 볼 수 있고, 비로소 내 몸의 치유뿐 아니라 지
구별의 치유도 함께 시작됩니다. 집으로 돌아가 나를 잘 돌보십
시오. 그리할 때 내 몸과 마음이 치유되고 지구별도 돌볼 수 있습
니다.

　지구는 아름다운 별입니다. 지구별은 많은 생명과 식물을 품
고 있고 온갖 소리와 색채로 가득 차 있습니다. 고개를 들어 하늘
을 보면 새벽을 여는 샛별이 반짝이고 아스라이 멀리 있는 별들
도 보입니다. 눈길을 돌려 자신을 보십시오. 나 역시 아름다운 존
재입니다. 내 마음은 우주를 인식합니다. 우주는 이토록 아름다
운 '인간'이라는 종을 만들었습니다. 초고배율의 망원경으로 우주
를 보면 온갖 아름다움과 경이로움을 관찰할 수 있습니다. 저 멀

지구별을 '숨 쉬며
살아 있는 생명체'로 이해할 때
우리는 비로소 나와 지구별을
함께 치유할 수 있습니다.

리 있는 은하들도 보입니다. 그 빛이 지구별에 도달하려면 수억 년이 걸립니다. 이렇게 찬란히 빛나며 우아한 자태를 뽐내는 우주는 실은 우리의 의식 그 자체입니다. 우리 밖에 있는 어떤 것이 아닙니다.

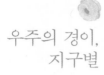

우주의 경이,
지구별

눈을 감고 지구별에 대해 깊이 생각해보면 지구별이 많은 덕을 갖추고 있음을 알 수 있습니다. 그중 첫 번째 덕은 안정성입니다. 어떤 문제가 닥쳐도 지구별은 꿋꿋합니다. 인간이 무수히 많은 재앙을 일으켰지만 지구별은 변함없이 꿋꿋한 인내심과 평정심을 보여주었습니다.

두 번째 덕은 창조성입니다. 지구별은 마르지 않는 창조의 샘입니다. 지구별은 인간을 비롯하여 아름다운 종들을 무수히 탄생시켰습니다. 재능 있는 음악가와 작곡가는 아주 많지만 세상에서 가장 훌륭한 음악은 사실 지구별이 작곡했습니다. 뛰어난 화가와 예술가가 많지만 가장 아름다운 풍경화는 지구별이 그려냈습니다. 깊이 들여다보면 우리는 이 지구별에서 무한한 경이로움을 발견할 수 있습니다. 세계 최고의 과학자조차도 이른 봄 벚나무가 갓 피워낸 꽃잎이나 한 송이 난의 지극한 아름다움을 재현해낼 수는 없습니다.

세 번째 덕은 차별하지 않는 성품입니다. 차별하지 않는다는 것은 지구별이 무언가를 판단하지 않는다는 뜻입니다. 인간은 지구별을 해치는 부주의한 행동을 많이 해왔지만 지구별은 우리를 벌한 적이 없습니다. 지구별은 우리를 태어나게 해주었고 우리가 죽은 후에도 기꺼이 다시 품어줍니다.

심층적 시각으로 지구별과의 이런 연결성을 느끼는 순간 절로 경탄과 사랑, 존경심이 우러날 것입니다. 지구별이 그저 환경에 불과한 것이 아니라 보다 더 큰 존재임을 깨달을 때 비로소 내 몸을 돌보듯 지구별을 지키겠다고 나서겠지요. 나와 지구별은 별개의 존재가 아닙니다. 이렇게 깊이 교감할 때 세상으로부터의 소외감은 사라집니다.

숨 쉬며 살아 있는
나의 어머니

생물학자 토머스 루이스는 《세포 안의 생명체The Lives of a Cell》에서 지구별을 살아 있는 생명체로 서술했습니다. 그는 깊은 고찰을 통해서 지구별은 하나의 살아 있는 거대세포와 같고 지구별을 이루는 조각들은 모두 공생 관계로 연결되어 있다는 지혜에 도달했습니다. 그는 기적과도 같은 역할을 하는 지구 대기층을 '세상 최대의 세포막'이라 불렀습니다. 루이스는 지구별이 살아 있다는 사실이 놀랍기만 했습니다. 황무지 같은 표면 여기저기에 구멍이 나 있는 달이나 그 밖의 다른 행성과는 아주 다르게 아름다움과 윤택함을 지닌 지구별에 루이스는 감동을 받았습니다. 그는 지구별을 조직적이고 자족적인 존재라 생각하여 '엄청난 정보를 운용하고 태양을 훌륭히 다룰 줄 아는 살아 있는 생명체'라고 불렀습니다.

이처럼 우리도 지구별을 단순히 무생물체가 아닌 살아 있는 생명체로 볼 수 있습니다. 지구별은 생명력이 없는 물체가 아닙니다. 우리는 이 별을 곧잘 '지구 어머니Mother Earth'라고 부릅니다. 지구별을, 그리고 대지를 나의 어머니로 볼 때 지구별의 참 성품을 알게 됩니다. 지구별은 사람은 아니지만 분명 인간을 포함하여 수백만 종의 생물을 이 땅에 낳아준 어머니입니다.

지구 어머니는 우리에게 생명은 물론 살아갈 수 있는 모든 조건도 함께 주었습니다. 지구 어머니는 헤아릴 수 없이 오랜 세월에 걸쳐 인간이 출현하고 번성할 수 있는 환경을 만들었습니다. 어머니는 우선 우리를 보호하고, 숨 쉴 공기를 담은 대기층을 만들었으며, 우리가 먹고 마실 수 있도록 먹을거리와 맑은 물을 준비했습니다. 또한 쉼 없이 생명을 키우고 보호해주었습니다. 이렇듯 지구별이 실은 모든 생명의 어머니인 것입니다.

나는 지구별의 자식입니다.

지구별은 나를 감싸 안아주고 필요한 것을 모두 주는 넉넉한 어머니입니다. 이 생이 끝나면 나는 다시 지구 어머니에게 돌아가 이윽고 모습을 바꾸어 미래에 다시 나타납니다. 지구 어머니가 내 몸 밖에 있다고 생각하지 마십시오. 깊이 들여다보면 내 안에서 지구 어머니를 찾을 수 있습니다. 나를 낳아준 생물적 어머

니가 내 안에 있듯이 말입니다. 지구 어머니는 내 몸 세포 하나하
나에 모두 존재합니다.

태양
아버지

우리에게 지구별이 참 어머니라면 태양은 참 아버지라 할 수 있습니다. 지구별과 태양이 서로 협력한 결과 지구별에서 우리가 살아갈 수 있게 되었습니다. 태양에너지 덕분에 지구별에 생명이 존재할 수 있습니다. 태양은 빛과 에너지를 공급해 식물이 자라나게 합니다. 태양이 없다면 생명은 존재할 수 없습니다.

태양을 숭배하고 제례를 올린 문명권을 들자면 수도 없이 많습니다. 불교에서 널리 찬양하는 '아미타불'은 흔히 '무량광불'이라고도 합니다. 아미타불의 청정 국토인 정토는 서방에 있다고 합니다. 아미타불은 무한한 빛과 무한한 수명을 가진 '대일여래' 또는 '마하비로자나불'이라 할 수 있습니다. 태양 역시 참 부처님이라 할 수 있습니다. 지구별에 빛을 보내 온기와 빛과 에너지와 생명을 매일 매 순간 지상의 모든 종에게 주고 있으니까요.

태양은 하늘에만 있는 것이 아닙니다. 태양은 지상에도 있고 내 안에도 있습니다. 우리 모두는 내면에 태양의 빛을 지니고 있습니다. 태양이 없다면 지상에서의 삶은 불가능하고 생명은 존재할 수가 없습니다. 우리는 태양과 지구별을 나의 참 부모님으로, 친부모님의 참 부모님으로, 그리고 조상님들의 참 부모님으로 생각할 수 있습니다. 부처, 마호메트, 예수를 비롯한 훌륭한 스승들도 모두 지구별의 자녀입니다. 우리는 지구별과 태양의 자녀입니다. 우리 모두가 부모의 DNA를 가지고 있듯이 세포 하나하나에 태양과 지구별을 담고 있습니다.

최고의
기도

우리는 우주의 거대하고도 무한한 에너지에 한없는 존경과 경탄을 느낍니다. 그러다 보니 인간과 같은 형상을 한 신이 우주를 창조했다고 믿고 싶어질 때도 있습니다. 막강한 자연의 힘에 감동해서 사나운 폭풍의 신, 천둥의 신, 비의 신, 조수의 간만을 관장하는 신이 있다고 상상하기도 합니다. 이토록 창조적인 힘을 발휘하는 존재는 분명 인간의 형태를 하고 있을 것이라고 상상하게 마련입니다.

하지만 저는 신이 하얀 수염을 기르고 하늘에 점잖게 앉아 계신 노인이라고는 생각하지 않습니다. 저는 신이 지상에, 모든 생명의 내면에 있다고 생각합니다. 흔히 '신성神性'이라 부르는 것은 깨우침, 평화, 이해, 사랑의 에너지를 말합니다. 그리고 이런 에너

깨어 있는 마음으로
깊이 듣기

지는 단지 인간만이 아니라 지상의 모든 종이 두루 갖추고 있습니다. 불교에서는 모든 의식 있는 생명에게 깨칠 수 있는 능력과 깊이 이해할 수 있는 능력이 있다고 합니다. 이를 '불성佛性'이라 부릅니다. 사슴, 개, 고양이, 다람쥐와 새는 모두 불성을 가지고 있습니다. 그렇다면 뜰 앞에 있는 소나무, 풀, 꽃처럼 의식이 없는 종들은 어떨까요? 살아 있는 지구 어머니의 일부인 이들 역시 모두 불성을 가지고 있습니다. 이런 알아차림에는 강력한 에너지가 담겨 있기 때문에 이를 깨닫고 나면 커다란 기쁨을 느낍니다. 나뭇잎 한 장, 나무 한 그루, 풀 한 포기, 크고 작은 모든 생명이 지구별의 자식이며 불성을 가지고 있습니다. 지구별 자체에 불성이 있기 때문에 지구별의 자손들 역시 모두 불성을 가진 것입니다. 모두가 불성을 받아 지니고 있기에 모든 존재는 행복하게 살아갈 수 있으며 지구 어머니에 책임감을 지녀야 합니다.

성경을 보면 예수님이 이렇게 말씀하십니다.

내가 아버지 안에 거하고 아버지께서 내 안에 계심을 믿으라.

_《요한복음》14장 11절

부처님도 우리 모두가 서로 연결되어 있고 서로가 서로의 일부분이라고 말씀하셨습니다. 우리는 분리된 존재가 아닙니다. 아버지와 아들은 완전히 같지는 않지만 전혀 다른 존재도 아닙니다. 아버지는 아들 안에 있고 아들은 아버지 안에 있습니다. 이렇듯 내 몸 안에서 지구 어머니는 물론 온 우주를 볼 수 있습니다. 서로가 연결된 존재임을 꿰뚫어 보고 나면 지구별과 툭 터놓고 참다운 소통을 할 수 있습니다. 이것이 기도 중에서도 최고의 기도입니다.

지구별을 경배한다고 해서 지구별을 신격화하거나 지구별이 우리보다 더 성스럽다고 믿는 것은 아닙니다. 지구별을 경배한다는 것은 지구별을 사랑하고 돌보며 지구 어머니의 품 안에서 쉬는 것입니다. 우리가 고통 속에 있을 때 지구별은 우리를 보듬어주고, 받아들여주고, 기운을 되찾게 해주고, 건강과 안정감을 되찾도록 해줍니다. 우리가 구하려는 위안은 바로 발밑에 있고 주변에도 두루 존재합니다. 이런 사실을 깨닫는 순간 우리의 많은 고통이 치유됩니다. 지구별과 깊이 연결되어 있다는 사실을 이해하는 순간 우리는 충분한 사랑과 힘을 느끼고 깨우침을 얻을 수 있습니다. 그때 비로소 우리는 지구별과 함께 잘 살아갈 수 있습니다.

고통받는 사람에게는 사랑과 이해가 필요합니다. 그런데 우리 자신에게는 이런 마음이 넉넉하지 않습니다. 그래서 고통을 느끼면 밖에서 사랑과 이해를 얻으려고 합니다. 이는 자연스러운 행

깨어 있는 마음으로
깊이 듣기

동입니다. 누군가가 또는 무언가가 내게 필요한 사랑과 이해를 주리라 생각합니다.

사랑과 이해를 지닌 사람은 선하고 진실한 마음과 아름다움을 갖추고 있습니다. 물론 내 안에도 어느 정도는 선하고 진실한 마음, 아름다움이 있음을 알지만 누군가에게 행복을 줄 만큼 넉넉하지는 않습니다. 게다가 어떻게 하면 이런 덕스러운 성품을 기르고 그로부터 참된 통찰력을 얻을 수 있는지도 모릅니다.

지구별은 우리가 구하는 모든 덕스러운 성품을 가지고 있습니다. 힘, 안정성, 인내심, 자비심도 있습니다. 지구별은 모두를 품어줍니다. 이런 사실을 알아차리는 데 맹목적 신앙이 필요하지는 않습니다. 마음으로 다가가기 어려운 신, 추상적이고도 까마득히 멀리 있는 신에게 애써 감사의 마음을 표하고 기도를 올릴 필요도 없습니다. 그저 지구별에게 직접 기도를 올리고 감사하는 마음을 알리면 됩니다. 지구별은 바로 여기 있습니다. 지구별은 구체적이고도 가시적인 방법으로 우리 생명을 유지시켜줍니다. 마실 물, 숨 쉴 공기, 몸을 지탱해주는 음식이 모두 지구별의 선물임을 부정할 사람은 없을 것입니다.

우리가 구하려는 위안은
바로 발밑에 있고
주변에도 두루 존재합니다.
이런 사실을 깨닫는 순간
우리의 많은 고통이 치유됩니다.

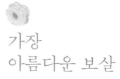

가장
아름다운 보살

'보살'은 행복과 깨침, 이해와 사랑을 갖춘 생명체입니다. 이런 성품들을 구현하고 있는 존재라면 사람이든 사물이든 모두 '보살' 이라 불릴 수 있습니다. 보살은 우리 주변에 두루 있습니다. 살아가면서 사랑을 일구고 남들에게 많은 행복을 주는 사람들은 다 보살입니다.

그런데 보살이 다 인간인 것은 아닙니다. 부처님(석가모니)의 전생을 묘사한 설화《본생담本生譚》을 보면 부처님을 '보살'이라 부르는데 당시 부처님은 사슴이나 원숭이로 현신하기도 하고 때로는 나무나 돌이 되기도 합니다. 이런 현신의 모습들 역시 '보살'이라 부릅니다. 한 그루 나무는 자족하고 행복하며 생기로울 뿐 아니라 자신이 서 있는 곳 주변에 산소와 그늘, 쉴 곳을 나누어줍니다. 나무는 생명을 품어 키우고 안식처가 되어주기도 합니다.

우리가 사는 별을 보면 모든 보살 중에서도 지구별이 가장 아름다운 존재임을 알 수 있습니다. 지구별은 모든 위대한 존재의 어머니입니다. 지구별이 단순한 물질에 불과하다면 지금까지 해온 그 훌륭한 일들이 어찌 가능했겠습니까? 보살이 상상 속에만 있다고 생각하지 마십시오. 보살은 바로 우리 발밑에 있습니다. 지구 어머니는 추상적 개념도 모호한 관념도 아닙니다. 지구 어머니는 실재합니다. 우리가 보고 들을 수 있을 뿐 아니라 만지고 맛보고 냄새도 맡을 수 있는 생생한 현실입니다. 어머니는 내게 생명을 주었습니다. 내가 죽어 다시 어머니에게 돌아가면 어머니는 또다시 나를 태어나게 하고, 또 태어나게 합니다. 고통이 없는 곳에 태어나기를 기도하는 사람도 있습니다. 고통이 없는 곳이 사실상 존재하는지도 모르면서 그렇게 기도합니다.

천문학자들은 초고배율 망원경으로 아득히 먼 곳에 있는 은하를 얼마든지 관찰했지만 아직 지구만큼 아름다운 별을 찾지 못했습니다. 그토록 아름다운 지구 어머니가 우리를 늘 아낌없이 보듬어주고, 집으로 돌아오면 반갑게 맞아주는데 다른 어느 곳으로 가기를 원한단 말입니까?

세 번이나 지구를 떠났지만

달리 갈 곳을 찾지 못했습니다.

우주선 지구호를 부탁합니다.

_월터 시라,
머큐리 호, 제미니 호, 아폴로 호 비행사

지구별을 '스스로 맑아지고 재생하는 보살'이라고 부를 수 있습니다. 우리는 지구 보살에게 향기로운 꽃을 던질 수도, 똥오줌을 던질 수도 있지만 지구 보살은 차별도 판단도 하지 않습니다. 깨끗하든 더럽든 다 받아들여서는 아무리 오랜 시간이 걸릴지라도 모두 변화시킵니다.

지구별은 모든 부처와 보살, 성인聖人의 어머니이고 또한 우리 모두의 어머니입니다. 비록 인간의 형상을 한 보살은 아니지만 지구 보살은 우리를 낳아주고 품어주고 키워주고 치유해줍니다. 그녀에게는 안정성과 지구력과 끈기가 있습니다. 《법화경法華經》을 보면 지장보살이 나옵니다. 지장보살은 성품이 지구별과 같아서 끈기와 굳건함, 굳은 의지를 가지고 있습니다. 지장보살은 세상에서 가장 어두운 곳으로 가서 최악의 불행과 절망, 갈등에서 생명을 구해내겠다는 서원을 했습니다. 그래서 자신을 가장 필요로 하는 곳, 이를테면 감옥이나 전쟁터, 지옥 같은 곳으로 가겠다는 결심에서 한 번도 물러난 적이 없습니다.

깨어 있는 마음으로
깊이 듣기

우리의 어머니 지구 보살은 부처, 보살, 성인을 비롯하여 다재다능한 사람들과 멋진 생명들을 창조하고 보듬고 낳았습니다. 물을 마실 때 우리는 그 물이 지구별이 준 선물임을 압니다. 숨을 쉴 때는 그 공기가 어머니의 선물임을 압니다. 음식을 먹을 때 역시 그 음식이 지구 어머니의 선물임을 압니다. 이런 깨달음이 있을 때 지구 어머니를 존경하는 마음이 자연히 우러납니다.

천재지변이나 허리케인, 쓰나미 등이 일어나면 사람들은 지구별을 탓합니다. 지구별이 불친절하고 앙심을 품은 것 같다고 말하기도 합니다. 그러다가도 지구별이 비를 잘 내려주고 강과 좋은 토양을 줄 때는 지구별을 칭찬합니다. 지구별이 우리에게 선물한 것을 인정하고 감사하며 그녀가 '친절하다'고 말합니다. 하지만 '친절하다', '불친절하다'라는 개념은 우리 마음속에서 생긴 한 쌍의 반대개념에 불과합니다. 지구별은 친절하지도 불친절하지도 않습니다. 그저 안정되고 굳건하게 존재하며 평정한 마음으로 어떤 판단이나 차별 없이 우리를 키워줄 뿐입니다. 우리 역시 깊이 들여다보기를 수행하면 지구별을 아무런 판단이나 차별 없이 볼 수 있습니다.

지구별은
든든한 안식처입니다

금방이라도 부서져버릴 것처럼 자신이 연약하게 느껴질 때, 마음이 불안정할 때는 자기 자신에게 돌아와 지구별의 품에서 쉬면 됩니다. 한 걸음 걸을 때마다 발밑의 든든한 지구별을 느낄 수 있습니다. 지구별과 참으로 연결되어 있을 때 우리는 지구별의 믿음직한 포옹 속에서 안정감을 느낄 수 있습니다. 몸과 마음 모두 지구별이라는 안식처로 돌아가서 모든 것을 내려놓을 수 있습니다. 숨을 내쉴 때마다 두려움, 약한 마음과 함께 고통을 놓아 보냅니다. 어머니의 자비로운 존재를 느끼는 것만으로도 이미 안심이 됩니다.

부처님도 깨달음을 얻으시기 직전에 대지에 손을 대고 지신地神에게 당신의 깨달음의 증인이 되어줄 것을 부탁하셨습니다. 부처

깨어 있는 마음으로
깊이 듣기

님의 손이 닿은 땅에서는 깨달음을 축하하기 위해 꽃이 솟아올랐습니다. 부처님의 마음은 매우 자유롭고 맑아서 그 순간 사방 천지에 수백만 송이의 꽃이 피더니 당신을 향해 웃고 있는 것을 보셨습니다.

우리도 부처님처럼 어려운 순간에 대지를 만나 증인으로 세울 수 있습니다. 참 어머니인 지구별의 품 안에서 쉴 수 있습니다. "나는 지금 순수하고 신선한 지구별과 만납니다"라고 말할 수 있습니다. 어느 나라 사람이든, 어느 문화권에 속하든, 어떤 종교를 믿든, 불자든 기독교도든 이슬람교도든 유대교도든 무신론자든 우리 모두는 지구 어머니를 대보살로 여길 수 있습니다. 그렇게 지구별을 대보살로 여기고 한없는 덕스러움을 느낄 때 우리는 어머니 위로 좀 더 부드럽게 걸을 것이며 어머니의 자식들에게 좀 더 부드럽게 대할 것입니다. 어머니를 보호할 것이며 어머니가 낳은 수많은 자식들을 그 어떤 방식으로도 해하려 하지 않을 것입니다. 지구 어머니에게 행해온 파괴와 폭력도 멈출 것입니다. 그리고 환경문제를 해결할 것입니다. 아니, 여기에서 '환경문제'라는 말은 맞지 않습니다. 지구별은 단지 환경에 불과한 것이 아니기 때문입니다. 지구별은 바로 '우리'입니다. 이런 통찰의 지혜를 얻었는가 여부에 모든 것이 달려 있습니다.

지구별을 '보살'이라는 본래 모습으로 볼 때에야 비로소 우리는 허리를 숙이고 경의와 존경을 담아 지구 어머니를 만날 수 있습니다. 우리 가슴에서 사랑과 돌봄의 마음이 우러납니다. 이런 깨침이 바로 깨달음입니다. 깨달음을 다른 곳에서 찾지 마세요. 이 깨침, 이 깨달음이 내면에 큰 변화를 가져오고, 우리는 더 큰 행복, 더 큰 사랑, 더 큰 이해를 얻게 됩니다. 그때 깨달음, 해탈, 평화, 기쁨은 미래를 위한 꿈에 불과한 것이 아니라 지금 이 순간 우리에게 현실이 됩니다.

깨어 있는 마음으로
깊이 듣기

지금이
바로 그때

지구별과의 관계를 회복하기 위해 우리는 더 기다려서는 안 됩니다. 지금 이 순간 지구별과 지구 상의 모든 존재가 위험에 처해 있기 때문입니다. 한 사회가 탐욕과 자만심으로 압도될 때 불필요한 파괴와 폭력이 일어납니다. 다른 인간과 다른 종에게 폭력을 계속 행사하는 것은 실은 자기 자신에게 폭력을 행사하는 것입니다. 반면 모든 존재를 보호하는 방법을 알고 실천한다면 모르는 사이에 자신도 보호하게 됩니다. 현재 당면한 환경문제를 해결하려면 영적 차원의 혁명이 필요합니다.

많은 사람이 길을 잃었습니다. 우리는 너무 열심히 일하고 삶은 너무 분주합니다. 공허한 소비를 하고, 우리를 유혹하는 온갖 것들에 정신을 빼앗겨 점점 더 길을 잃고 외로워지고 병이 듭니다. 많은 사람이 고립감 속에서 살아갑니다. 나 자신과도 연결되지 못하고 가족, 조상, 지구별은 물론 발밑에 있는 삶의 경이로움도 접하지 못하고 있습니다. 소외되었다는 마음이 나를 외롭게 합니다. 병증과도 같은 소외감이 역병처럼 퍼져 있습니다. 공허한 마음을 채워보려 무언가를 찾아 나섭니다. 텅 빈 가슴을 채워보려 약을 먹고 술을 마시고 쇼핑을 합니다. 필요하지도 않은 물건을 사서 쌓아두는 소비 중독은 나에게도 지구별에게도 너무나 많은 스트레스와 고통을 야기합니다.

명예, 부, 권력에 대한 허기는 아무리 해도 채울 수가 없어 내 몸과 지구별에게 과중한 부담만 늘어갑니다. 사실 행복은 명예, 부, 권력에서 오는 것이 아니라 지금 얼마나 마음이 깨어 있고 알아차리고 있는가에 달려 있는데 우리는 그것을 깨닫지 못합니다.

깨어 있는 마음으로
깊이 듣기

사랑에
빠질 때

진정한 변화는 오직 우리가 지구별과 사랑에 빠질 때만 일어납니다. 오직 사랑만이 사람과 자연, 사람과 사람이 조화를 이루며 사는 법을 알려주고, 환경 파괴와 기후 변화가 야기하는 대참사에서 우리를 구해줄 수 있습니다. 지구별의 덕스러움과 능력을 알아차리고 나면 지구별과 연결되었다는 느낌이 되살아나며 마음속에서 사랑이 솟아납니다. 우리는 무언가와 연결되기를 원합니다. 그것이 곧 사랑입니다. 하나가 되는 것입니다. 누군가를 사랑하면 자신을 돌보듯 그 사람을 돌보고 싶어집니다. 사랑은 호혜적입니다. 이렇듯 우리는 지구별을 위해서라면 무엇이든 할 것이며 지구별 역시 우리의 행복을 위해 할 수 있는 모든 것을 해주리라 믿습니다.

아침에 일어나면 저는 옷을 입고 오두막을 나와 산책을 합니다. 날이 아직 어둡지만 천천히 걸으며 주변의 자연과 빛이 스러져가는 별들을 감상합니다. 한번은 그렇게 산책한 후 오두막으로 돌아와 이런 글을 썼습니다.

나는 지구 어머니와 사랑에 빠졌다.

저는 사랑에 빠진 젊은 청년처럼 마음이 들떠 있었습니다. 제 심장도 신이 나서 뛰고 있었습니다.
지구별을 생각하고, 그 지구별 위를 걸을 수 있다는 사실에 기뻐하며 저는 또 생각합니다.

'자연 속으로 나가서 모든 아름다움과 경이로움을 즐기리라.'

제 마음은 기쁨으로 가득합니다. 지구별은 우리에게 많은 것을 줍니다. 저는 지구별을 매우 사랑합니다. 배신이 들어설 자리가 없는 멋진 사랑입니다. 우리 마음을 지구별에게 맡기면 지구별은 자신의 모든 것을 우리에게 맡길 것입니다.

진정한 변화는 오직 우리가
지구별과 사랑에
빠질 때만 일어납니다.

마음을 챙기고 지구별을 깊이 자각하면 우리의 아픔, 어려운 감정,
정서 문제를 다룰 수 있게 됩니다. 나의 고통을 치유할 뿐 아니라
남의 고통도 더 잘 알아차릴 수 있게 됩니다.
지구별의 넉넉한 심성을 자각하고 나면 기분 좋은 유쾌함이 내면에서 올라옵니다.
기쁨과 행복의 순간을 창조하는 법을 알면 치유에 큰 도움이 됩니다.

제
2
장 /

치유의
발걸음

세상에는 많은 약이 있지만 대부분 우리 몸과 마음의 고통을 일시적으로 완화해줄 뿐 질병의 근원을 치유하지는 못합니다. 하지만 마음챙김은 우리를 진실로 치유해주는 향유 香油와도 같습니다. 마음챙김은 소외감을 없애주고, 그를 통해 우리 자신과 지구별을 동시에 치유할 수 있게 해줍니다. 우리가 마음을 안정시키고 지구별과 하나 되어 지구 어머니를 잘 보살필 때 지구별은 우리에게 에너지를 주고 몸과 마음을 치유해줍니다. 몸과 마음의 병이 치유되면 건강하고 행복해집니다.

깨어 있는 마음으로
깊이 듣기

행복의
근원

마음챙김은 지금 이 순간 내 안과 밖에서 일어나고 있는 모든 것의 판단을 배제한 채 알아차리는 마음, 바로 깨어 있는 마음입니다. 마음챙김이 우리를 행복의 근원에 이르게 하는 이유는 우리를 지금 여기에 온전히 존재하게 해주기 때문입니다. 마음챙김은 '항상 무언가를 알아차리는 일'입니다. 지금 행하는 호흡, 발걸음, 일어나는 생각, 하고 있는 행동을 알아차리는 일입니다. 무엇이든 지금 하고 있는 일, 즉 걷든 숨 쉬든 이를 닦든 간식을 먹든 그것에 주의를 집중하는 것입니다. 호흡과 내딛는 발걸음에 집중하며 걸으면 주변의 아름다움을 더 잘 볼 수 있습니다. 호흡을 한 번 할 때마다, 한 걸음 걸을 때마다 알아차림과 감사가 함께합니다.

나날의 삶에서 기쁨과 행복을 만들어내는 법을 알아야 하고,

고통과 아픔이 일어나는 순간 이를 알아차리고 대처할 줄도 알아야 합니다. 마음챙김 수행은 주어진 삶 순간순간을 깊이 즐길 수 있게 합니다. 마음챙김 속에서 걷고 숨 쉴 때 비로소 내 몸 안의 경이와 접할 수 있습니다. 내 몸과 연결될 때 비로소 지구별은 물론 온 우주와도 연결됩니다. 결국 마음챙김 수행은 내 몸 안의 지구 어머니와 만나는 수행입니다. 내 몸과 내 마음의 치유는 지구별의 치유와 함께 진행되어야 합니다. 인류 전체가 깨어나기 위해서 이런 통찰은 매우 중차대합니다. 마음을 챙긴다는 것은 깨어나 알아차리는 일입니다. 우리는 깨어나서 지구는 물론 지구별에 몸담고 사는 모든 생물 역시 위험에 처했다는 사실을 알아차려야 합니다.

마음을 챙기고 지구별을 깊이 자각하면 우리의 아픔, 어려운 감정, 정서 문제를 다룰 수 있게 됩니다. 나의 고통을 치유할 뿐 아니라 남의 고통도 더 잘 알아차릴 수 있게 됩니다. 지구별의 넉넉한 심성을 자각하고 나면 기분 좋은 유쾌함이 내면에서 올라옵니다. 기쁨과 행복의 순간을 창조하는 법을 알면 치유에 큰 도움이 됩니다. 가까이 있는 삶의 경이들과 내게 이미 존재하는 행복의 조건들을 알아볼 수 있어야 합니다. 그런 후에 마음챙김의 힘으로 내면의 분노, 두려움, 절망을 알아차리고 수용하고 탈바꿈시킵니다. 이런 불쾌한 감정에 휘둘리도록 더는 방관하지 않는 것입니다.

　마음챙김 속에서 무엇을 하든 우리는 이 수행을 통해 더 깊이 지구별과 연결될 수 있습니다. 지구별과 연결되었을 때 심적 고통, 우울, 질병은 치유됩니다. 마음챙김 속에서 한 조각 빵을 먹을 때 우리는 그 빵에서 지구별과 태양과 구름과 비와 별 등을 발견합니다. 이런 것들이 없다면 빵은 존재하지 못했을 것입니다. 우리는 한 조각 빵 속에 온 우주가 들어 있음을 봅니다.

현재를
즐기기

많은 사람이 자신의 감정을 은폐하기 위해 술 담배를 하고, 유해한 음악과 영상을 소비하고, 과식을 하곤 하여 지구별에 머무는 시간을 단축합니다. 이런 행동은 건강을 해칩니다. 반대로 매 순간 마음을 챙기며 알아차림 속에 산다면 풍요로운 삶을 오래도록 누릴 수 있습니다.

지금 우리는 지구별에서 함께 살아가고 있습니다. 지구별은 한 마리 거대한 새이고 우리는 그 새를 타고 멋진 여행을 하는 여행자입니다. 지구별은 우리를 태우고 태양 주위를 시속 10만 킬로미터로 달리고 있으므로 우리는 안전벨트를 매야만 합니다. 그리고 매 순간을 즐겨야 합니다. 한 순간 한 순간 삶의 경이를 느낄 수 있습니다. 고통스러운 감정에서 달아나거나 숨을 필요도 없고 불쾌한 기억을 잊어버리려 애쓸 필요도 없습니다. 불쾌한 기억을 잊기 위해 타인의 도움은 필요하지 않습니다. 단지 기억하는 법을 배우면 됩니다. 기쁨과 행복의 순간을 어떻게 만드는지, 용기를 주는 것들을 어떻게 물을 주어 키우는지, 가까이 있는 삶의 경이를 어떻게 알아차리는지 그 방법을 알면 됩니다.

저의 경우 마음챙김이 순조로울 때면 차 한 모금을 음미하는 것에서 산책 나가는 발걸음에 이르기까지 모든 것을 더 오롯이 즐길 수 있습니다. 슬픔과 두려움, 해야 할 프로젝트, 과거나 미래 어느 것에도 마음을 빼앗기지 않습니다. 오직 지금 여기에 존재하며 삶에게 제 시간을 내어줍니다. 그리하면 삶도 제게 시간을 내어줍니다. 매 순간 행복할 수 있습니다. 마음을 챙기고 알아차림을 닦고 행복을 창조하며 다른 사람들이 부러워하는 삶을 살 수 있습니다. 그러면 곧 다른 사람들도 나와 같은 삶을 살게 됩니다.

미래로 가는 이 비행기에서 모두가 함께하는 시간을 즐기려면 마음챙김이라는 안전벨트를 매야만 합니다. 그리하면 지금 이 순간에 머물며 삶을 더 깊이 체험할 수 있습니다. 마음챙김을 통해 지금 이 순간에 닻을 내릴 수 있습니다. 이제 과거나 미래로 가서 길을 잃는 일은 없습니다. 누구나 마음챙김이라는 안전벨트를 가지고는 있지만 모두가 사용하는 것은 아닙니다. 이제 안전벨트를 착용할 시간입니다.

삶은 1초마다 귀중한 보석으로 가득합니다. 이 보석은 바로 하늘과 지구는 물론, 산과 강, 바다와 주변의 모든 기적들을 인식하는 알아차림입니다. 저는 그저 주어진 시간을 흘려보내는 삶이 아니라 저에게 주어진 시간을 가능한 잘 사용하고 싶습니다. 아침에 깨어날 때마다 새로운 24시간의 삶이라는 선물을 마음에 새깁니다. 마음챙김과 집중, 지혜가 있다면 이 24시간을 온전히 기쁨으로 살 수 있습니다. 24시간 동안 이해와 자비의 에너지를 배양하여 나만이 아니라 지구별을 유익하게 하고, 만나는 사람을 다 유익하게 할 수 있습니다.

저는 아침에 눈을 뜨면 잠시 시간을 내어 즐거운 마음으로 얼굴을 씻습니다. 겨울이면 제 오두막의 물은 매우 차가워집니다. 수도꼭지를 조금만 열어 물이 한 방울씩 떨어지게 합니다. 저는 수도꼭지 아래 손을 놓고 그 차가운 물을 온전히 느낍니다. 그리하면 잠을 깨는 데 도움이 됩니다. 정말 시원합니다. 그렇게 물방울이 손바닥에 조금 모이면 부드럽게 눈으로 가져갑니다. 눈이 시원해지는 것을 느낍니다. 저는 그 순간이 정말 즐겁습니다. 그래서 세수를 빨리 끝내려고 서두르지 않습니다. 수도꼭지를 트는 일을 즐깁니다. 얼굴에 닿은 물의 느낌을 즐깁니다. 생각은 전혀 하지 않습니다. 그저 살아 있음을 즐기고 시간을 들여 물방울이 주는 느낌을 알아차립니다. 마음챙김, 집중, 지혜가 저를 도와 이

깨어 있는 마음으로
깊이 듣기

물이 아주 먼 곳에서 왔음을 알게 합니다. 이 물은 저 험준하고도 높은 산과 지구별 깊숙한 곳에서 왔습니다. 그렇게 먼 길을 여행하여 저의 욕실에 온 것입니다. 그런 사실을 알아차리는 순간 저는 곧 행복해집니다. 마음챙김을 수행하면 살아 있는 모든 순간이 보석이고 행복과 기쁨으로 가득 찹니다.

아침에 깨어날 때마다
새로운 24시간의 삶이라는 선물을
마음에 새깁니다. 마음챙김과 집중,
지혜가 있다면 이 24시간을 온전히
기쁨으로 살 수 있습니다.

지구별과
함께 숨 쉬기

    모든 마음챙김 수행의 토대는 호흡을 자각하는 데 있습니다.
들숨과 날숨을 자각하지 못한다면 마음챙김은 불가능합니다. 마
음챙김 속에서 숨을 쉴 때 비로소 몸과 마음이 하나가 되고 내 안
과 밖에서 일어나는 일을 알아차리게 됩니다. 나날의 삶에서 우
리는 몸과 마음이 연결되어 있다는 사실을 자주 잊어버립니다.
몸은 여기 있지만 마음은 다른 곳에 있습니다. 때로는 책이나 영
화, 인터넷이나 전자 게임에 빠져 내 몸에서, 그리고 이곳의 현실
에서 멀리 떠나 있습니다. 그리되면 책에서 눈을 떼고 고개를 드
는 순간, 또는 스크린에서 눈길을 돌리는 순간 불안, 죄의식, 두려
움, 짜증이 엄습할 수 있습니다. 내면의 평화 속에서 쉬는 일, 고
요하고 맑은 내면의 섬으로 가서 지구 어머니와 연결되는 경우는

아주 드뭅니다.

미래의 계획, 두려움, 불안, 꿈에 마음을 빼앗긴 나머지 우리는 자신의 몸 안에 살고 있지 않습니다. 참 어머니인 지구별과도 접촉이 끊어졌습니다. 지구별이 선물하는 기적 같은 아름다움과 광휘도 보지 못합니다. 점점 더 마음속 세상으로만 들어가고 물리적 세상에서는 멀어집니다. 하지만 호흡으로 되돌아오면 몸과 마음이 하나로 합쳐지고 비로소 지금 이 순간의 기적을 볼 수 있습니다. 우리의 지구별은 강인하고 너그러운 모습으로 매 순간 우리를 품어주며 지금 여기 있습니다. 지구별의 이런 성품을 알아차리면 어려운 순간과 맞닥뜨렸을 때 지구 어머니 품으로 가서 쉴 수 있습니다. 그리되면 두려움과 고통을 받아들이기가 쉬워지고 심지어 그 두려움과 고통을 긍정적인 것으로 전환할 수도 있습니다.

들숨과 날숨을 자각하는 순간 우선 마음이 진정됩니다. 판단을 배제한 채 호흡에 주의를 기울이면 몸에 평화가 되돌아오고 아픔과 긴장은 밖으로 배출됩니다. 호흡하며 이렇게 말해보십시오.

"(숨을 들이쉬며) 나는 몸을 진정시킨다.

(숨을 내쉬며) 내 몸은 평화롭다.

(숨을 들이쉬며) 나는 지구 어머니 품에서 쉰다.

(숨을 내쉬며) 나는 모든 고통을 지구별에게 보낸다."

몸과 마음이 진정되고 나면 좀 더 명료하게 세상을 볼 수 있습니다. 그럴 때 우리는 나 자신과 지구별에 더 깊이 연결되고 이해가 커집니다. 맑은 마음과 깊은 이해가 있는 곳에는 사랑이 피어납니다. 참사랑은 이해에서 자라나기 때문입니다.

지구별의 문제와 나 자신의 문제를 생각하노라면 문제가 너무 압도적으로 느껴져 무기력감을 느낄 수도 있습니다. 하지만 호흡에 주의를 돌리면 맑은 마음이 회복되어 나와 세상을 돕기 위해 무엇을 해야 하는지 알 수 있는 지혜가 생깁니다.

천식이나 폐 질환으로 숨 쉬기가 어려운 사람들도 있습니다. 보통 폐가 건강하고 코가 막히지 않았다면 쉽게 숨을 쉴 수 있습니다. 우리는 그럴 수 있음에 감사하고 숨을 쉴 때마다 기적을 만난 듯 숨을 만끽해야 합니다. 모든 숨에는 질소, 산소, 수증기와 더불어 미량원소들이 들어 있습니다. 우리가 들이쉬는 숨은 지구별을 다 담고 있습니다. 숨을 쉴 때마다 내가 생명의 어머니인 아름다운 지구별의 일부임을 상기합니다.

깨어 있는 마음으로
깊이 듣기

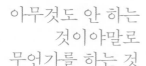

아무것도 안 하는
것이야말로
무언가를 하는 것

명상 수행은 삶에서 달아나는 것이 아니라 시간을 내서 나 자신과 지금 상황을 깊이 들여다보는 일입니다. 명상은 내 몸과 마음을 돌볼 수 있는 기회입니다. 그래서 아주 중요합니다. 생각을 진정시키고, 앉거나 선 자세로 그저 숨을 쉬는 시간을 자신에게 허용하는 일입니다. 아무것도 하지 않고 그저 나 자신과 주변 것들에게 돌아가는 일입니다. 몸과 마음에 쌓인 긴장을 내보낼 수 있도록 시간을 들이며, 자신과 지금 처해 있는 상황을 깊이 들여다볼 시간을 가지는 일입니다.

만약 지금 어쩔 줄을 모르겠다거나, 상황에 압도되어 있거나, 분노와 두려움, 절망이 엄습한 상태에서 나 자신과 지구별을 치유하겠다고 나선다면 그 어떤 일을 한다 해도 성공하지 못할 것입니다. 명상은 우리가 할 수 있는 가장 기본적이고도 중대한 일입니다. 명상을 하면 스스로 절망에서 벗어날 수 있는 기회를 얻고, 두려움이 없는 곳에 곧바로 연결될 수 있으며, 자비심을 기를 수도 있습니다. 명상을 통해 닦은 통찰의 지혜와 용기로 자신뿐 아니라 다른 종들과 지구별을 도울 수도 있습니다.

좌선 수행에서 제일 먼저 하는 일은 호흡 그리고 몸의 평화를 되찾는 일입니다. 들숨과 날숨에 주의를 집중하십시오. 호흡은 자연히 더욱 고요하고 부드러우며 유쾌해질 것입니다. 그저 앉아 있음이 주는 생생한 기쁨만을 위해 명상의 자리에 앉아보십시오.

생각을 멈추고 오직 호흡과 함께하십시오. 마음챙김 속의 호흡은 마음을 집으로, 몸으로 되돌아오게 합니다. 몸을 자각하며 긴장을 풀고 느긋하게 쉬십시오. 내 몸이 바로 경이로운 기적입니다. 내 몸의 기적을 만날 때 내 안에 있는 지구 어머니의 기적도 만날 수 있습니다. 그 순간 바로 치유가 시작됩니다. 10년씩이나 기다릴 필요가 없습니다. 병이 드는 이유는 대부분 우리가 내 몸에서 분리되어 있거나 지구별의 몸에서 멀어졌기 때문입니다. 그러므로 우리는 지구 어머니에게 돌아가서 꼭 필요한 치유와 영양분을 얻는 수행을 해야 합니다. 지구 어머니는 언제나 두 팔 벌려 우리를 받아주고, 영양을 주고, 치유해줄 준비가 되어 있습니다. 우리가 치유되는 동안 지구 어머니도 함께 치유될 수 있습니다.

깨어 있는 마음으로
깊이 듣기

흔히 지구별을 치유하려면 우리는 무언가를 '해야 한다'라고 생각합니다. 하지만 마음을 챙기며 집중하고 앉아 있는 것 자체가 무언가를 하는 일입니다. 명상의 혜택을 느끼기 위해 분투할 필요는 없습니다. 그저 조용히 앉아 있어보세요. 내가 나로서 있도록 허용해보십시오. 아무것도 하지 마세요. 단지 앉아서 숨만 쉬어보세요. 애쓰지 마세요. 이완은 곧 옵니다. 완전히 이완한 후에는 치유가 절로 일어납니다. 이완 없이는 치유도 없습니다. 이완은 아무것도 하지 않는 것입니다. 오직 호흡과 앉음만이 있습니다. 호흡을 억지로 하지 마십시오. 자연스럽게 리듬을 따르면 됩니다. 그저 들숨과 날숨을 즐깁니다. 어떤 것도 하려 애쓰지 않을 때 비로소 치유는 시작됩니다. 이것이 바로 '수행하지 않는 수행'입니다.

지구 어머니에게 안겨 쉬는 법을 안다면 그저 앉고 걷고 숨 쉬는 것만으로도 치유를 경험합니다. 발밑에서 견실하고 듬직한 어머니를 느낄 수 있습니다. 높은 산봉우리와 호수, 드넓은 하늘, 굽이굽이 흐르는 강물, 깊은 계곡에서 어머니의 장엄함을 볼 수 있습니다. 지구별에게 스스로 치유하는 능력이 있음을 진정 믿는다면 지구별이 우리를 치유해줄 수 있음도 압니다. 그 무엇도 할 필요가 없습니다. 그저 지구 어머니에게 나를 온전히 맡기면 어머니가 모든 것을 알아서 해줍니다. 나는 지구별입니다. 지구별은 나입니다. 이런 과정이 절로 일어나도록 내버려두면 됩니다.

내가 앉아서 명상하는 동안 하늘에 많은 별들이 있음을 알 수 있습니다. 모두 눈에 보이는 것은 아니지만 별들은 분명 거기 있습니다. 나는 지금 놀랍도록 아름다운 별에 앉아 있고, 그 별은 수조 개의 별들을 담은 하늘의 강, 은하수 안에서 공전하고 있습니다. 자리에 앉아 이런 자각을 할 수 있다면 무엇을 더 바라겠습니까? 나는 우주의 모든 경이를 보고 지구별의 경이를 분명히 봅니다. 이런 자각 속에 앉아 명상할 때 온 세상을 다 품을 수 있고 과거에서 미래까지 무한의 시간을 다 수용할 수 있습니다. 이렇게 앉아 있을 때 행복은 무한합니다.

음식은
지구별의 선물

우리가 먹는 음식은 지구별이 주는 선물입니다. 빵 한 쪽을 먹거나 차 한 모금을 마실 때 또한 알아차림과 함께하십시오. 우리 마음은 다른 곳에 있으면 안 됩니다. 업무를 생각하거나 미래의 계획을 세우거나 하면 안 됩니다. 빵을 깊이 들여다보면 황금빛 밀밭과 주변의 아름다운 시골 마을이 보입니다. 농부의 땀방울과 방앗간, 빵집에서 사람들이 들이는 수고를 보십시오. 빵은 무無에서 오지 않았습니다. 빵은 곡식과 빗물과 햇빛과 흙, 많은 이들의 수고로운 노동에서 왔습니다. 온 우주가 힘을 합쳐 이 빵을 우리에게 가져다주었습니다. 생각을 멈추고 내 집이자 내 고향인 지금 이 순간으로 마음을 가져올 때 한 조각 빵에서 이런 것들을 볼수 있습니다. 마음챙김과 집중을 행하는 데는 단 몇 초면 됩니다.

그때 우리 손에 놓인 한 조각 빵이 실로 기적이며 그 안에 온 우주가 담겨 있다는 통찰을 얻을 수 있습니다. 그 빵이 실은 우주를 대표하는 '우주 대사'임을 알 수 있습니다. 물론 마음챙김 없이도 그 빵에서 영양을 얻을 수는 있겠지만 참으로 깊은 차원에서 그 빵과 교감하는 순간 우리는 온 우주가 주는 영양분을 얻을 수 있습니다. 한 입 한 입 그 빵을 먹을 때마다 실은 우주의 몸을 받고 있는 것입니다.

친구들과 함께 앉아 마음챙김 속에서 식사를 하면 많은 기쁨을 맛볼 수 있습니다. 음식을 씹을 때는 온 우주가 기적적으로 입속에서 함께함을 자각하십시오. 걱정, 근심이나 미래의 계획은 삼키지 마십시오. 눈을 뜨고 주변에 앉은 사람들을 보며 웃으십시오. 음식, 식탁에 앉은 사람들과 함께하십시오. 내가 우주와 하나이며 나와 친구들은 서로에게 기운을 주고 있다는 것을 잊지 마십시오. 이렇게 마음챙김의 에너지, 평화와 형제애의 기운이 모일 때 치유와 유익한 변화가 일어나게 됩니다.

식사가 끝나면 잠시 시간을 내어 나의 대접과 접시가 비었고 대신 허기가 채워졌음을 확인하십시오. 이해와 사랑의 길을 계속 걸어갈 수 있도록 영양을 공급해주는 음식을 먹을 수 있다는 것이 얼마나 행운인지 깨달을 때 감사의 마음이 차오를 것입니다.

깨어 있는 마음으로
깊이 듣기

이 걸음이
나의 생명을 구하리라

마음챙김 속에서 걸으면 지구별에게 기운을 얻을 수 있습니다. 이는 나를 치유하는 훌륭한 수행입니다. 문을 열고 밖으로 나가 신선한 대기 속으로 발을 내디딜 때 공기와 땅, 주변 자연의 힘과 교감합니다. 알아차림 속에서 마음을 챙기며 걷는 걸음은 자유롭습니다. 한 걸음 한 걸음이 삶의 기적을 누리는 기회입니다. 한 걸음 한 걸음이 내 몸과 내 마음을 만날 기회를 줍니다. 걸음을 걸을 때면 몸과 마음이 다 그곳에 있어야 합니다. 온전히 100퍼센트 현존해야 합니다. 부드럽고 온화하게 깨어 있는 마음으로 지구 어머니 위를 걷는 걸음은 많은 치유와 행복을 가져다줍니다.

걸음을 걸을 때는 내가 죽은 물질을 디디고 있는 것이 아님을 압니다. 내가 걷고 있는 이 땅은 생기 없는 무생물이 아닙니다. 먼지 한 톨, 모래 한 알에도 무수히 많은 보살들이 존재합니다. 마음을 챙기며 걸을 때 우리는 발을 통해 지구 어머니 대보살님과 만납니다.

이런 시각으로 이해하면 지구별 위를 걸을 때 예배당이나 성지에서 그러하듯 존경과 숭배의 마음이 듭니다. 걸음마다 완전한 알아차림이 함께합니다. 이런 걸음에는 우리를 구원할 힘이 있습니다. 단절된 현재의 삶에서 나를 구해서 참된 안식처로 데려가고 지구별과 다시 연결되도록 해줍니다. 몸과 마음이 온전히 하나 되어 걸을 때 우리는 분노, 두려움, 절망에서 벗어날 수 있습니다. 걸으면서 이렇게 말해보십시오.

"이 걸음으로 나는 내 집 지구별로 돌아온다.
이 걸음으로 나는 생명의 원천으로 돌아온다.
이 걸음으로 나는 지구 어머니 품에 안겨 쉰다."

걸음마다 지구별에 대한 사랑을 표현할 수도 있습니다. 걸으면서 또 이렇게 말해보세요.

"나는 지구별을 사랑한다.
나는 지구별을 사랑하고 있다."

마음챙김 속에서 걷는다는 것은 바로 이런 사랑을 온전히 느끼며 걷는 것입니다. 사랑과 이해가 풍성해지면 이 지구별에서 일어나는 일을 하나하나 깊이 자각하게 됩니다. 봄에는 나뭇잎이 싱그러운 연둣빛으로 피어나고, 여름에는 무성한 녹음이 우거지며, 가을에는 화려한 노랑 · 주홍 · 다홍빛 단풍으로 변하고, 겨울에는 잎을 떨구어 가지는 헐벗었지만 나무는 안에 생명을 깊이 품은 채 여전히 강건하고 아름답게 서 있습니다. 지구 어머니는 떨어진 잎을 분해하여 나무에게 줍니다. 이렇듯 지구 어머니 덕에 나무는 계속 자라날 수 있습니다.

걸을 때는 무엇도 생각하지 마십시오. 우리는 대체로 끝없이 울려대는 라디오를 머릿속에 가지고 있습니다. 채널은 단 하나, '논스톱 생각 방송국'에 고정되어 있습니다. 이 방송에서 나오는 것은 대체로 비생산적인 사고입니다. 생각을 하면 할수록 우리는 그 무엇에도 곁을 내주지 못합니다. 그러므로 라디오를 끄고 생각을 멈추는 법을 배워야 합니다. 그래야만 지금 이 순간을 온전히 즐길 수 있습니다.

걸을 때는 걷기만 합니다. 걷는 일에 알아차림과 주의를 온전히 집중합니다. 그 순간 우리는 발밑의 땅에도 존재하는 사람이 되며, 저 앞에 보이는 풀에도, 머리 위 구름에도, 그리고 주변 사람들에게도 그곳에 존재하는 사람이 됩니다.

알아차림 속에서 마음을 챙기며
걷는 걸음은 자유롭습니다.
한 걸음 한 걸음이 삶의 기적을 누리는
기회입니다. 한 걸음 한 걸음이
내 몸과 내 마음을 만날 기회를 줍니다.

걸을 때 우리는 혼자가 아닙니다. 부모님과 조상님도 내 안에서 함께 걷습니다. 그분들은 내 몸 세포 하나마다 존재하십니다. 그러므로 나에게 치유와 행복을 가져다주는 한 걸음은 그분들에게도 치유와 행복을 가져다줍니다. 마음챙김 속에서 걷는 걸음은 나와 내 안의 조상님들을 변화시킬 힘이 있습니다. 동물 조상님, 식물 조상님, 광물 조상님 등도 포함되어 있습니다. 우리는 혼자만을 위해 걷지 않습니다. 가족을 위해서, 그리고 세상을 위해서 걷습니다.

마음챙김 속에서 걸으며 지구별에게 양분을 받아 축적할 때 비로소 다른 존재들을 포용할 기회가 주어집니다. 한 걸음 걸을 때마다 지구 상의 모든 종을 보호하겠다는 다짐을 할 수 있습니다. 걸음마다 이렇게 말해보세요.

"지구별이 나의 어머니이며 위대한 생명체임을 안다.
나는 지구별을 보호할 것이며 지구별은 나를 보호한다."

마음챙김 속에서 떼어놓은 한 걸음은 나와 지구별의 치유에 한 걸음 더 다가가게 해줍니다.

깨어 있는 마음으로
깊이 듣기

깨어 있는 마음으로
깊이 듣기

부처님의 제자를 의미하는 '성문聲聞'은 산스크리트어로 '스라바카sravaka'라 하며 이는 '듣는 자'를 의미합니다. 즉, '성문'은 '가르침을 듣고 배우는 사람'입니다. 우리 대부분은 깊이 듣는 법을 알고 있습니다. '깊이 듣기'는 나에게나 남에게, 그리고 지구별에게도 수행할 수 있습니다. 깨어 있는 마음으로 깊이 들을 때 우리는 상대를 이해할 수 있고 자신의 고통도 완화할 수 있습니다. 우리 모두는 내면에 고통을 안고 있습니다. 그 고통에서 달아나지 말고 그 고통을 잘 돌보아야 합니다.

무언가를 들을 때는 지혜를 얻고 자비를 기를 수 있도록 들어야 합니다. 하지만 타인의 말을 듣기 전에 먼저 자신의 내면의 말을 듣는 법을 알아야 합니다. 나 자신과의 소통이 회복되어야 스스로에게서 달아나지 않고, 불편한 느낌을 은폐하거나 위장하려 하지 않습니다.

나의 고통과 어려움을 이해하려면 바로 나의 곁에 있어야 합니다. 제일 먼저 할 일은 내가 고통받고 있음을 알아차리고 인정하는 것입니다. 고통받고 있다는 사실을 인정할 때 비로소 고통을 변화시킬 수 있습니다. 두 번째 단계는 용기를 내어 고통을 깊이 들여다보고, 고통을 이해하기 위하여 고통의 소리에 귀 기울이고, 고통을 끌어안는 것입니다. 하지만 대체로 우리는 자신에게 돌아가지 않기 위해 온갖 노력을 다합니다. 내면의 고통을 마주하면 고통에 압도당할지도 모른다는 두려움 때문입니다. 그래서 마음챙김 수행, 호흡과 함께 앉고 걷는 수행을 통해 훈련해야 합니다. 마음챙김 속에서 이런 수행들을 하면 강해질 수 있는 에너지가 생깁니다. 마음챙김 없이는 고통에 압도당할 수 있습니다. 마음챙김과 함께하면 무언가를 할 기회는 물론 나의 고통을 이해하고 고통에서 벗어나는 방법을 알 기회가 생깁니다. 고통을 이해하고 나면 비로소 고통이 변화합니다.

'고통 이용하기'라고 말할 수도 있겠습니다. 고통을 잘 이용하는 법을 배우면 그로부터 행복을 창조할 수 있습니다. 우리는 고통에서 많은 것을 배울 수 있습니다. 나의 고통을 이해하면 나에 대한 자비심이 솟아납니다. 자비는 행복해지기 위해 꼭 필요합니다.

깨어 있는 마음으로
깊이 듣기

나의 고통에 자비심을 가지고 귀 기울이는 법을 알 때 비로소 남의 말도 자비심을 가지고 들을 수 있게 되어 상대의 고통을 완화해줄 수 있습니다. 내 안의 고통을 알아보지 못한 사람은 남을 도울 수가 없습니다. 그래서 나의 고통을 깊이 듣는 일이 중요한 것입니다. 내 안에서 자비심이 일어나고 고통이 덜어지면 사람들을 더 도울 수 있습니다. 다른 사람이 고통받는 모습을 볼 때 가슴에서 절로 자비심이 우러나고, 그의 고통을 덜어주기 위해 가능한 한 뭐든 해주고 싶어집니다. 그의 고통을 이해하기 때문에 그의 행동을 비난하지 않습니다. 그를 돕고 고통을 덜어주고 싶을 뿐입니다. 자비심으로 판단 없이 깊이 들을 때 우리는 비로소 그렇게 할 수 있습니다.

균형의
회복

 마음을 챙기며 깊이 듣는 법을 알게 되면 지구별의 소리를 듣고 어머니의 고통에 귀 기울일 수 있습니다. 지구별은 균형을 잃었습니다. 우리 인간은 지구별에게서 무언가를 가져오기만 했을 뿐 돌려준 것이 별로 없습니다. 우리는 지구별의 자원을 착취하고 환경을 오염시켰습니다. 그렇게 지구 어머니의 균형을 깨뜨렸기 때문에 많은 고통이 이어졌습니다. 깊이 듣기를 수행하면 자연의 균형을 되찾기 위해 필요한 것이 무엇인지 알게 될 것입니다.

 지구별은 과거에 이미 많은 고통을 겪었습니다. 다른 별이나 운석과의 충돌뿐 아니라 가뭄, 산불, 지진 등의 자연재해도 겪었습니다. 수많은 재해 후에도 늘 회복하는 모습을 보였지만 이제는 대기와 바다가 오염되고 온난화까지 일어나 지구별 혼자서는 치유가 불가능하게 되었습니다.

지구별은 평형을 잃었습니다. 인간이 지구별의 자연 리듬과 단절된 결과 현대인은 수많은 성인병을 앓고 있습니다. 신이 지구별을 벌하고 있는 거라고 믿는 사람도 있지만 지금 지구별에서 일어나고 있는 일은 우리 모두에게 책임이 있습니다. 지구별을 이렇게 만드는 데 우리 각자가 어떤 역할을 했는지, 또 지구 어머니를 보호하기 위해 무엇을 해야 하는지를 알아야만 합니다. 지구별이 이전처럼 우리를 계속 돌보아주리라고 기대하며 그저 앉아만 있어서는 안 됩니다. 우리도 그녀를 돌보아야 합니다.

균형을 회복하지 않으면 많은 파괴가 지속적으로 일어날 것이고 그리되면 지상에서 생명이 유지되기 어려워집니다. 균형을 회복하는 데 도움이 되는 조건은 나의 마음챙김과 자각의 수준에서 옵니다. 나의 깨어난 의식만이 지구별을 치유할 수 있습니다.

내가 세상을 보는 방식을 바꿀 때, 나와 지구별이 하나임을 깨달을 때 그리고 마음챙김으로 살기 시작할 때 고통은 줄어들기 시작합니다. 더는 고통에 압도되어 허우적거리지 않을 때 지구별을 사랑과 존경으로 대할 수 있고 자비와 이해도 키울 수 있습니다. 나의 균형을 회복해야 비로소 지구별의 균형을 회복시킬 수 있습니다. 지구별에 대한 염려와 나의 행복에 대한 염려는 다르지 않습니다. 지구별의 치유와 나의 치유도 다르지 않습니다.

사람들은 흔히 천국이 어딘가 다른 곳에 있다고 생각하고
죽은 다음에는 천국에 가고 싶어 합니다. 하지만 그런 곳이 실제로 존재한다는
증거는 없습니다. 저 먼 곳에 있는 천국이라는 개념에 유혹당하면 안 됩니다.
반면 지구별은 실재합니다. 지구별은 여기 있습니다.
지구별은 지금 여기 존재하는 멋진 생명체입니다.

제
3
장 /

집에
돌아오신 것을
환영합니다

1969년, 인류는 달에서 우주 비행사들이 찍어 보낸 지구별의 사진을 보았습니다. 지구별 전체의 모습을 이렇게 본 것은 처음이었습니다. 우주에서 바라본 지구별은 살아 있는 하나의 생명체였습니다. 그 사진을 통해 지구별이 얼마나 아름다운지, 얼마나 취약한 존재인지, 또 우리를 보호하고 있는 대기층이 얼마나 얇고 미미한지도 알게 되었습니다. 우주 비행사들에게 지구별은 역동적이고 살아 있으며 끊임없이 빛을 발하는 보석으로 보였습니다. 그 사진들을 처음 보았을 때 저는 그저 놀라웠습니다. 그래서 마음속으로 말했지요.

'사랑하는 지구별이여! 당신이 이렇게 아름다운지 저는 미처

76

몰랐습니다. 제 안에서 당신을 봅니다. 그리고 당신 안에서 저를 봅니다.'

물리학자 알베르트 아인슈타인은 자연계를 깊이 들여다보고 우주의 위대한 조화, 기품과 아름다움에 감동을 받았습니다. 그는 마음속에 샘솟는 커다란 경탄과 사랑을 '우주적 · 종교적 느낌'이라 불렀습니다. 아인슈타인은 신을 그다지 믿지 않았지만 그럼에도 불구하고 우주를 바라보며 느낀 점을 인격신과 신학적 교리를 초월하여 그렇게 표현했습니다.

안식처에서
쉬기

사람들은 흔히 천국이 어딘가 다른 곳에 있다고 생각하고 죽은 다음에는 천국에 가고 싶어 합니다. 하지만 그런 곳이 실제로 존재한다는 증거는 없습니다. 저 먼 곳에 있는 천국이라는 개념에 유혹당하면 안 됩니다.

반면 지구별은 실재합니다. 지구별은 여기 있습니다. 지구별은 지금 여기 존재하는 멋진 생명체입니다. 사실 지구별은 천국 중에서도 가장 아름다운 곳입니다. 우리는 지구 어머니에게 돌아와 편안히 쉬어야 합니다. 천국은 바로 지상에 있습니다. 마음챙김을 수행하며 걷는 한 걸음마다 천국과 연결됩니다. 지금 이 순간으로 돌아오면 자신을 만나게 됩니다. 마음이 고요해지고 감각이 열리면 가까이 있는 삶의 경이를 모두 볼 수 있습니다. 그때 내가 진정 천국을 걷고 있음을 알 수 있습니다. 매일 지구별 위를 걸으면서 이렇게 말해보세요.

"나는 지구별에서 편안히 쉬고 있다.
나는 지구별을 사랑한다.
나는 지구 어머니와 사랑에 빠졌다."

나는
도착했습니다

지구별을 안식처 삼아 쉬는 것은 본향으로, 본가로 돌아오는 것입니다. 세상에는 매우 편안한 집에 사는 사람들이 많습니다. 하지만 비바람을 가려줄 지붕이 있고, 편안히 잠잘 수 있는 침대도 있고, 먹을 음식이 충분한데도 그곳을 집이라고 느끼지 못하는 경우가 더러 있습니다.

우리 모두는 진정한 내 집을 찾고 있습니다. 늘 안전하고 보호받을 수 있는 그런 장소 말입니다. 하지만 마음챙김 속에서 호흡하고, 호흡마다 지구별과 연결될 수 있다면 실은 이미 집에 와 있는 것입니다. 마음을 챙기며 걸을 때 지구별과 깊이 하나 될 수 있고 그때 이 지구별이 내 집임을 알게 됩니다.

나는 이미 집에 도착했습니다. 지금 여기에서 편안히 있기 위

깨어 있는 마음으로
깊이 듣기

해 필요한 것은 오직 단 한 번의 호흡과 걸음뿐입니다. 이렇게 나에게 돌아올 때, 그래서 내 안의 섬에서 편안히 쉴 때 나는 자신에게 집이 되고 남에게도 안식처가 되어줄 수 있습니다.

제가 여러분께 드릴 수 있는 짧지만 깊은 가르침은 '나는 도착했다. 나는 집에 있다'입니다.

숨을 들이쉬며 이미 도착했음을 깨닫습니다.

숨을 내쉬며 지금 집에 있음을 깨닫습니다.

숨을 쉴 때마다 내 몸과 마음은 지금 이 순간으로 되돌아올 수 있습니다. 무언가를 잡으러 뛰어다닐 필요가 없습니다. 지구별은 바로 여기 있습니다. 지금 이 순간 속에서 온전한 만족을 느낍니다. 부족한 것은 하나도 없습니다. 내딛는 발걸음마다 이렇게 말해보세요.

"나는 도착했다.
나는 집에 있다."

지구별로
돌아오기

사람들은 대체로 죽은 다음에 나는 어떻게 될까 하고 궁금해합니다. 몸이 와해된 후에는 천국이나 구름 위로 올라간다고 생각하는 사람도 있습니다. 죽은 다음에는 멀리 있는 극락에 가며, 그곳은 고통이라곤 없는 멋진 곳이라고 상상하는 사람도 있습니다.

하지만 우리는 고통이 필요하다는 것을 압니다. 고통의 장점도 압니다. 고통을 깊이 들여다보고 알아차리고 받아들이면 고통을 잘 이용할 수 있습니다. 그리할 때 비로소 고통은 탈바꿈되어 이윽고 이해, 사랑, 자비를 키워줄 것입니다. 고통은 아름다운 꽃을 피워 올리는 퇴비와도 같습니다. 그러니 아픔이나 고통이 없는 곳, 행복해질 수 있는 상상 속의 장소를 찾아다닐 필요가 없습니다. 지구별은 우리가 만지고 보고 지금 여기에서 직접 체험할 수

82

있는 살아 있는 현실입니다.

이렇게 깊이 들여다볼 때 우리는 비로소 죽음의 공포를 극복할 수 있습니다. 우리는 지구별에서 태어났다가 지구별로 돌아갑니다. 잃은 것은 아무것도 없습니다. 18세기 프랑스 과학자 앙투안 라부아지에가 발견했듯이 새로이 창조되는 것도, 파괴되는 것도 없고 단지 모든 것이 변화할 뿐입니다. 에너지는 이것에서 저것으로 형태만 바뀔 뿐 창조되거나 파괴되지는 않습니다.

죽은 다음에는 아무 데도 갈 필요가 없습니다. 이미 내 안에 지구 어머니 보살님이 계십니다. 나와 지구별이 별개의 개체가 아니라 하나라는 통찰의 지혜를 얻으면 모든 두려움이 녹아버립니다. 지구별이 나를 낳았고 이 삶이 끝나면 다시 나를 받아주리라는 것, 그리고 나를 다른 형태로 다시금 환생시키리라는 것을 알면 두려움이 사라집니다. '탄생'은 없습니다. '죽음'도 없습니다. "몸이 와해되고 나면 제겐 무슨 일이 일어납니까? 어디로 갑니까? 제가 여전히 존재할까요?"라고 질문하지도 않습니다.

지구 어머니에게 돌아가기 위해 죽음의 순간까지 기다릴 필요도 없습니다. 실은 지금 이 순간에도 우리는 지구 어머니에게 돌아가고 있습니다. 매 순간 우리 몸에서는 수천 개의 세포가 죽고 새 세포가 태어납니다. 숨을 쉴 때마다, 걸음을 걸을 때마다 우리는 지구별로 되돌아가고 있습니다. 피부를 긁을 때마다 죽은 세포가 떨어져 나갑니다. 우리는 쉼 없이 죽고 쉼 없이 태어나고 있습니다. 이렇게 유입과 배출의 끝없는 순환 고리가 우리 몸 안에서 일어납니다. 삶의 자연적 과정으로써 우리는 매 순간 지구 어머니에게 돌아가고 있습니다.

'죽는다'라고 할 때 그 의미는 무엇일까요? 비록 '죽는다'라는 말을 사용하기는 하나 이것은 정확한 말도, 바른 말도 아닙니다. 평범한 수준의 사고에서 '죽는다'라는 것은 어떤 '존재'에서 갑자기 '무'로 돌아가는 것입니다. 유의 영역에서 무의 영역으로 넘어가는 거지요. 하지만 깊이 들여다보면 죽음은 불가능함을 알 수 있습니다. 물질은 에너지로, 에너지는 다시 물질로 변화할 수 있습니다. 이 과정에서 사라지는 것은 없습니다. 죽는 것도 없습니다. 오직 변화만이 있을 뿐입니다.

구름을 생각해보십시오. 구름은 구름으로 나타나기 전에도 무언가로 존재했을 것입니다. 구름은 무에서 올 수가 없습니다. 구름은 그저 어떤 요소들이 형태화한 것이고, 이어서 존재할 뿐입니다. 구름이 하늘에 나타나기 전에는 다른 형태, 즉 안개, 바다, 빗물, 강물로 존재했습니다. 구름의 본성을 깊이 들여다보면 구름은 죽음의 순간 존재 상태에서 무의 상태로 갈 수 없음을 알게됩니다. 구름은 비나 눈, 얼음이 될 수는 있지만 무가 될 수는 없습니다. 그러므로 하늘이 맑다고 해서 구름이 죽었음을 의미하지는 않습니다. 구름은 다른 형태로 존재하고 있습니다.

구름이 보이면 우리는 흔히 "구름이 있다"라고 말합니다. '있다'라는 것은 '지각'을 통한 앎입니다. 내일 만약 구름이 보이지 않으면 "구름이 없다"라고 말할 것입니다. 구름은 더는 존재하지 않지만 우리가 숨 쉬는 공기 중에는 습기가 있습니다. 그 습기는 종국에 구름의 일부가 됩니다. 공기 중의 습기가 비록 눈에 보이지는 않지만 우리는 습기가 거기에 있고 습기 안에 구름이 숨어 있다는 것을 압니다. 무언가가 더는 보이지 않을 때 우리는 "존재하지 않는다"라고 말하곤 합니다. 보이면 있는 것이고 안 보이면 그저 없는 것이라고 생각합니다. 하지만 구름의 본성에는 태어남도 죽음도 없습니다. 단지 겉보기에 생과 사가 있을 뿐입니다. 이것은 세속적 진리俗諦입니다. 깊이 들여다보면 궁극적 차원에는 생도 사도 없음을 알 수 있습니다. 이것은 궁극적 진리眞諦입니다.

구름이 죽을 수 없는데 어떻게 우리 인간이 죽을 수 있겠습니까? 부처님이 처음 얻으신 통찰의 지혜 중 하나는 모든 것이 서로 의존하여 일어난다는 것입니다. 모든 것은 다른 것에 의지하여 발생합니다. 시작도 끝도 없습니다. 그 무엇도 창조되지도 파괴되지도 않습니다. 우주도 마찬가지입니다. 수십억 수백억의 조건들이 모인 결과 우리 인간이 이런 형태로 출현했습니다.

가을에 주변을 둘러보면 낙엽이 바닥에 쌓여 있습니다. 저는 나뭇잎이 낙엽이 되며 고통스러워한다고 생각하지 않습니다. 다시 태어나기 위해 지구 어머니에게 돌아가고 있으니까요. 우리는 모두 한 장의 나뭇잎입니다. 우리는 한동안 나무 위에 머물며 햇볕과 비바람을 즐깁니다. 그러면서 나무에게 양분을 주기도 합니다. 나무 위에서 여러 달을 보내며 이산화탄소와 햇볕을 흡수하고 즐겁게 산소를 생산합니다.

　지구별이 한 그루 나무이고 내가 한 장의 나뭇잎이라고 상상해보세요. 많은 사람이 지구별은 지구별이고 나는 지구별 밖에 있는 존재라고 생각합니다. 사실 나는 지구별 안에 있습니다. 사람들은 어느 날 죽음이 오면 그제야 지구별로, 흙으로 돌아간다고 생각합니다. 하지만 지구 어머니에게 돌아가기 위해 죽어야 할 필요는 없습니다. 나는 지금 이 순간 지구 어머니 안에 있고 지구어머니는 내 안에 있습니다. 이렇게 말해보세요.

"(숨을 들이쉬며) 지구 어머니가 내 안에 있음을 안다.
(숨을 내쉬며) 내가 지구 어머니 안에 있음을 안다."

　만화경을 들여다보면 아름다운 대칭의 이미지가 보입니다. 하지만 만화경을 돌리면 그 이미지는 사라집니다. 그것을 '생'과 '사'라고 말할 수 있을까요? 아니면 그 이미지는 단지 잠시 동안 나타난 현현물顯現物일까요? 이 현현물 이후에는 곧 아름다운 다른 현현물이 나타납니다. 여전히 잃은 것은 없습니다. 우리는 지구 어머니의 도움을 받아 지금의 형태로 생성된 아름다운 현현물입니다. 이 현현이 끝나면 우리는 다른 방식으로 다시 현현할 것입니다. 죽고 사는 것이 아닙니다. 구름으로 존재하는 것도 멋진 일이지만 비가 되어 지구별에 떨어지는 것 역시 멋진 일입니다.

땅 위에 누워 지구 어머니를 느끼며 이렇게 말해보세요.

"지구 어머니, 저는 당신 안에 있습니다.
저는 매 순간 죽고 매 순간 태어나고 있습니다.
당신은 언제나 거기 계십니다."

우리는 찰나에 태어나고 찰나에 죽고 있습니다. 죽음에 대한 명상은 실은 매우 도움이 되며 심지어 유쾌하기까지 합니다. 생사가 없는 우리의 본모습을 보게 해주어 두려워할 것이 없음을 알게 해주기 때문입니다. 지구별은 항상 거기 존재하면서 이런 진실을 가르쳐줍니다. 생사가 없는 본래 모습과 연결되면 더는 불안이나 두려움에 흔들리지도, 좌지우지되지도 않습니다. 그리되면 기쁨은 언제라도 즉시 맛볼 수 있습니다.

지구별은 죽음을 두려워할까요? 지구별은 죽음을 전혀 두려

지구별이 나를 낳았고
이 삶이 끝나면
다시 나를 받아주리라는 것,
그리고 나를 다른 형태로
다시금 환생시키리라는 것을 알면
두려움이 사라집니다.

위하지 않습니다. 지구별은 자신이 곧 우주임을 압니다. 우리 인간이 '인간이 아닌 요소들'로 이루어졌듯 지구별 역시 '지구가 아닌 요소들'로 이루어졌습니다. 우리와 마찬가지로 지구별은 태양과 저 멀리 은하계의 별에서 온 입자들을 비롯하여 공기, 불을 가지고 있습니다. 지구별이 오직 비지구적 요소들로만 이루어졌음을 알 수 있습니다. 온 우주가 한데 모여 이 지구별이라는 경이를 만들어낸 것입니다. 우리처럼 지구별도 형태가 변할 수는 있지만 절대로 죽을 수는 없습니다.

깨어 있는 마음으로
깊이 듣기

우리가
남기는 것

　우리는 이 몸 안에, 인간으로 현현한 이 몸 안에 살면서 매 순간 에너지를 발하고 있습니다. 이 에너지는 변화할 수는 있지만 죽을 수는 없습니다. 에너지는 우주에 영원히 남아 있습니다. '카르마karma'는 산스크리트어로 '업'을 의미합니다. '업'은 우리가 생각, 말, 몸으로 하는 '행위'입니다. '생각'은 사물에 영향을 미칠 에너지를 가지고 있으므로 역시 '행위'입니다. 마음속으로 자비, 이해, 사랑을 생각할 때 그 생각 속에는 이미 몸과 마음과 세상을 치유할 힘이 있습니다. 마찬가지로 증오, 분노, 절망을 생각하면 나를 파괴하고 다른 많은 생명의 파괴로 이어질 수 있습니다.

　한 나라가 집단적으로 분노와 두려움을 만들어내고 전쟁을 선포한다고 합시다. 곧 온 나라가 두려움과 분노를 조장합니다. 이렇게 집합된 두려움과 분노가 실제로 파괴와 고통을 야기합니다. 업은 매우 강력한 힘을 가졌습니다. 우리가 세상에 내보내는 생각과 느낌은 강력한 효력을 지닙니다. 우리가 만들어내는 모든 생각, 우리가 말하고 행하는 모든 행위는 영원히 계속됩니다. 이런 행위도 형태가 바뀔 수는 있지만 구름처럼 사라지지는 않습니다. 우리는 우리가 남기는 업의 힘을 제대로 알아야 합니다. 그리고 나와 지구별을 치유하기 위하여 마음챙김 속에서 생각하고 말하고 행동하겠다고 굳게 결심해야 합니다.

마음속으로 자비,
이해, 사랑을 생각할 때
그 생각 속에는 이미 몸과 마음과
세상을 치유할 힘이 있습니다.

한 집단에서 개인이 평화로운 에너지를 내보내면 사람들은
그 에너지를 받아서 다른 사람들에게 고스란히 반사합니다.
이런 평화로운 에너지로 집단 구성원은 더욱 생기로워집니다.
집단 에너지는 더욱 커지고 개개인을 성장시켜 자각의 길을 계속 걸어갈 수 있게 해줍니다.

제 4 장 /

에너지를
증폭
시키기

한 개인의 생각, 말, 행동이 발산하는 에너지도 강력하지만 사람들과 힘을 합칠 때 그 에너지는 무한히 커질 수 있습니다. 하나의 집단이 공통 목표를 이루기 위하여 마음챙김을 하며 행위에 전념할 때 개인이 집중하는 것보다 훨씬 우수한 에너지를 생산합니다. 이 에너지는 다시 자비와 이해를 기르도록 도와줍니다. 마음챙김 속에서 집단이 함께 앉고, 걷고, 말하고, 들을 때 모두가 집단 에너지를 느낄 수 있고, 그 에너지에서 양분과 치유를 얻습니다.

이 집단 에너지를 통해 집단 통찰을 얻으면 이는 집단 깨달음으로 이어집니다. 집단이 함께 자비심을 키우고 마음챙김과 집중을 수행할 때 심신의 자양분을 얻을 수 있을 뿐 아니라 지구별도

깨어 있는 마음으로
깊이 듣기

평형과 균형을 되찾습니다. 우리가 함께할 때 나와 세상에 참 변화를 가져올 수 있습니다.

집단이 함께 얻는
자양분

　한 집단에서 개인이 평화로운 에너지를 내보내면 사람들은 그 에너지를 받아서 다른 사람들에게 고스란히 반사합니다. 이런 평화로운 에너지로 집단 구성원은 더욱 생기로워집니다. 집단 에너지는 더욱 커지고 개개인을 성장시켜 자각의 길을 계속 걸어갈 수 있게 해줍니다. 이런 이유 때문에 수행 공동체가 필요합니다. 홀로 수행하면 충분한 집단 에너지를 생성하지도, 충분한 자양분을 얻지도 못합니다. 평화롭고 자비로운 에너지가 모두에게 부족해집니다.

　홀로 조용히 평화롭게 명상에 들 수 있다면 그것도 좋은 일입니다. 내가 지금 명상 중임을 사람들이 모른다 해도 내가 생산해내는 에너지는 여전히 유익한 에너지입니다. 그렇게 생산되는 아름답고 평화로운 에너지는 세상 속으로 퍼져 나갈 것입니다. 하지만 사람들과 함께 앉아 명상한다면, 사람들과 함께 걷고 일한다면 에너지가 증폭되어 나만의 치유가 아니라 세상을 치유하기에 충분한 에너지가 존재하게 됩니다. 개인이 혼자서 하기에는 너무 큰일입니다. 세상에 꼭 필요한 영적 음식을 부디 앗아가지 마시기 바랍니다.

하나의 집단으로서 수행 공동체 구성원들은 주기적으로 모여 함께 수행하고 서로에게 힘을 보태야 합니다. 몇십 명이 함께 마음챙김을 수행하면 아주 강력한 집단 에너지를 생산할 수 있습니다. 몇백 명 또는 몇천 명 이상이 한데 모여 마음챙김과 집중 수행을 하면 강력한 기쁨 에너지와 자비 에너지가 형성되어 나와 세상을 치유할 수 있습니다.

집단이 함께 걷기 명상이나 좌선 수행을 하는 일은 세상에서 가장 분주한 도시에서도 가능합니다. 많은 사람이 실제로 해보았을 것입니다. 저는 베트남의 호안끼엠 호수 주변을 여럿이서 마음을 챙기며 평화롭게 걸은 적이 있습니다. 오랜 역사를 가진 로마의 거리와 광장에도 평화와 자유의 발자국을 남겼습니다. 런던의 트래펄가 광장, 뉴욕의 주코티 공원에서도 수천 명이 침묵과 고요 속에 앉아서 명상을 했습니다. 이런 집단 수행은 직접 참가한 사람이든 옆에서 그저 바라본 사람이든 모두가 평화와 자유,

치유와 기쁨의 에너지를 맛보게 해줍니다. 그런 곳에서 생성되는
집단 에너지는 나와 상대에게, 그리고 도시와 세상에 줄 수 있는
선물입니다.

깨어 있는 마음으로
깊이 듣기

기쁨
가꾸기

한 사람이 마음챙김 수행을 할 때 그는 전 지구촌과 지구촌 주민들을 위해 무언가를 하고 있는 것입니다. 지구별에게 받은 것을 되돌려주는 시간, 지구별이 필요로 하는 양분을 주는 시간입니다. 여러 사람이 마음챙김 수행을 통해 얻는 집단 알아차림은 기쁨을 생성하고, 그 기쁨은 나와 지구별의 삶에 꼭 필요한 음식입니다.

흔히 기쁨이 자연 발생적으로 일어나는 거라고 생각합니다. 기쁨이 자라나려면 그것을 일구고 수행해야 한다는 것을 아는 사람은 거의 없습니다. 여럿이 함께 마음챙김 속에서 앉아 있을 때면 명상이 좀 더 쉬워집니다. 사람들과 함께 마음챙김 속에서 걸을 때면 걷기가 좀 더 쉬워집니다. 피곤해지거나 마음이 흐트러질 때 집단 에너지가 도움을 주기 때문입니다. 집단 에너지는 나 자신에게 돌아올 수 있게 해줍니다. 그래서 여럿이 함께 수행하는 것은 참으로 중요합니다. 처음에는 좌선이나 걷기 명상을 제대로 하지 못하고 있는 것이 아닌가 불안하고, 또 남들의 평가가 두려워 함께 수행하기를 꺼릴 수도 있습니다. 하지만 앉는 법, 숨 쉬는 법을 모르는 사람은 없습니다.

할 일은 그것뿐입니다. 호흡에 집중하십시오. 몇 초만 지나면 몸과 마음에 평화와 고요를 가져올 수 있습니다. 들숨과 날숨에 주의를 집중하기만 하면 됩니다. 그것에만 신경을 쓰십시오. 심신의 동요를 진정시키는 데 필요한 것은 그것뿐입니다. 들숨과 날숨 속에서 평화롭게 머물기만 하면 됩니다. 그러면 내면에서 안정감과 평화가 회복되기 시작합니다. 주변 사람들의 집중은 곧 수행자에게 힘이 됩니다. 혼자서든 여럿이든 매일 조금씩 해보세요. 이렇게 공부하면 마음챙김이, 호흡으로 돌아가는 일이 점점 쉬워집니다. 수행을 더할수록 의식의 심연에 닿기가 쉬워지고 자비 에너지 생성도 더 쉬워집니다. 우리는 모두 그렇게 할 수 있습니다.

비슷한 생각을 가진 사람들이 모여 공동체를 만들거나 그런 공동체에 들어가면 수행에 매우 도움이 됩니다. 집단 수행은 개인 수행을 유지하고 강화하는 데 도움이 됩니다. 혼자서는 자신도 세상도 치유할 수가 없습니다.

공동체에서 함께 수행할 때 마음챙김 수행은 더욱 기쁘고 여유롭고 안정됩니다. 서로가 마음챙김의 종소리가 되어 수행을 돕고 마음챙김을 잊지 않도록 상기시켜줄 수 있습니다. 공동체가 뒷받침해줄 때 개인은 내면에 평화와 기쁨을 가꾸고, 그렇게 가꾼 평화와 기쁨을 다시 주변에 나누어줄 수 있습니다. 굳건함과 자유로움, 이해와 자비를 가꿀 수 있습니다. 깊이 보기를 수행해 통찰의 지혜를 얻어 고통, 두려움, 차별, 몰이해의 장애에서 놓여날 수 있습니다.

지금 이 순간으로 돌아와 지구 어머니와 연결된 우리는 이미 행복의 조건을 충분히 갖추었음을 압니다. 행복은 지금 이 순간 실현 가능합니다. 수행 공동체의 격려와 지원은 큰 도움이 됩니다. 함께 수행할 때 마음챙김은 쉽고 자연스러워집니다.

여러 사람이 마음챙김 수행을 통해
얻는 집단 알아차림은
기쁨을 생성하고,
그 기쁨은 나와 지구별의 삶에
꼭 필요한 음식입니다.

우리는
지구촌 주민

　우리는 흔히 사람들을 '나와 비슷한 사람'과 '나와 다른 사람', 이렇게 두 부류로 나눕니다. 그러고는 그 사이에 정치적 경계선을 만들어 모두가 서로 연결되어 있다는 사실을 모호하게 만들어 놓습니다. 소위 '애국심'이라는 것은 우리 모두가 같은 어머니에게서 나온 자식임을 깨닫지 못하게 만드는 장벽과도 같습니다. 나라마다 자국을 '모국' 또는 '조국'이라 부릅니다. 그러는 와중에 각국은 우리 모두의 참 어머니, 지구촌 전 주민의 어머니인 지구별을 파괴합니다. 인간이 만들어낸 경계선에 집중하는 동안 인류가 지구별에게 공동 책임이 있다는 사실은 간과되고 맙니다.

　우리 모두가 같은 어머니의 자식임을 알면 스스로 거대한 대가족의 일원이라는 마음을 키우고 그 마음을 공고히 하고 싶어집니

다. 지구별 보호를 거론할 때마다 흔히 신기술을 찾아야 한다고
들 합니다. 하지만 참다운 공동체가 없다면 기술은 파괴적인 용
도로 사용될 뿐입니다. 마음챙김으로 일군 참 공동체는 구성원들
이 함께 행동할 수 있게 해줍니다. 자신과 소통하고 지구별과 소
통할 때 남들과도 소통이 용이해집니다.

국적과 신앙에 상관없이 우리 모두는 지구별의 아름다움이나
우주의 경이를 볼 때 감탄과 사랑을 느낍니다. 지구별에 대한 이
런 감탄과 사랑은 지구촌 시민을 하나로 묶고 모든 경계와 차별
을 상쇄할 힘을 지니고 있습니다. 환경을 돌보는 것은 의무가 아
니라 개인과 집단의 행복과 생존을 위한 일입니다. 우리는 지구
어머니와 함께 생존하고 번성할 것입니다. 지구 어머니와 함께하
지 않는다면 우리는 살아남지 못할 것입니다.

우리는 매일 차를 한 잔 마심으로써 자신에게 즐거움을 선물할 수 있습니다.
하지만 차를 즐기려면 내가 거기 온전히 존재하며 차를
마시고 있음을 깊고 명료하게 알아야 합니다. 킵을 들어 올릴 때 숨을 들이쉬며
온전히 현존해보십시오. 지금 이 순간에 자리할 때 과거와 미래에서
자유로울 뿐 아니라 생각, 걱정, 프로젝트에서도 놓여납니다.

제 5 장 /

지구별과
사랑에 빠지기 위한
수행들

우리는 지금 지구별과 사랑에 빠질 수 있습니다. 많은 준비가 필요하지는 않습니다. 하루를 살면서 마음챙김을 수행할 때마다 수행은 깊어지고, 좀 더 많은 사랑과 자비를 생성할 수 있게 되며, 그로 인해 더 큰 이해와 통찰의 지혜를 얻게 됩니다.

마음챙김은 나날의 삶에서 매 순간과 깊이 연결되는 지속적 수행입니다. 마음챙김을 통해 나의 몸과 마음이 진실로 하나 되어 존재할 수 있고, 나의 의도와 행위가 조화될 수 있고, 주변 사람과도 화목할 수 있습니다.

이런 수행을 하기 위해 따로 시간을 만들 필요는 없습니다. 부엌에서, 화장실에서, 침실에서, 또는 이곳에서 저곳으로 이동하는 동안에도 매일 매 순간 마음챙김을 수행할 수 있습니다. 설거

깨어 있는 마음으로
깊이 듣기

지할 때, 아침에 샤워할 때, 운전할 때도 마음챙김을 수행할 수 있습니다.

우리가 늘 하는 일, 즉 걷고 앉고 일하고 먹을 때에 지금 무엇을 하는지 마음을 챙기고 자각하며 할 수 있습니다. 음식을 먹을 때는 무엇을 먹고 있는지 압니다. 문을 열 때는 지금 문을 열고 있음을 압니다. 우리 마음은 행동과 하나가 됩니다.

마음챙김
속의 호흡

'숨'은 우리가 기대어 안식할 수 있는 탄탄하고 안정된 땅입니다. 생각, 감정, 지각 등 내면에서 무엇이 일어나든 호흡은 충실한 친구처럼 항상 우리와 함께합니다. 생각에 정신이 팔릴 때마다, 강렬한 감정에 압도될 때마다, 마음이 불안하고 산란할 때마다 호흡으로 돌아오십시오. 우선 마음을 몸으로 되돌아오게 한 후에 마음을 가다듬고 진정시켜 닻을 내립니다.

공기가 몸으로 들어왔다 나가는 것을 느낍니다. 호흡을 자각하면 호흡이 절로 가벼워지고 고요하고 평화로워집니다. 낮이든 밤이든, 걷고 있든 운전을 하든, 정원에서 일하든 컴퓨터로 작업하든 언제라도 나의 평화로운 호흡으로 돌아가 쉴 수 있습니다. 침묵 속에서 이렇게 말해보세요.

"(숨을 들이쉬며) 나는 숨을 들이쉰다는 것을 안다.

(숨을 내쉬며) 나는 숨을 내쉰다는 것을 안다."

숨을 들이쉬고 내쉴 때 끝까지 부드럽게 숨을 따라갑니다. 그저 앉아서 숨을 따라가는 것만으로도 벌써 많은 기쁨과 치유를 느낄 것입니다.

몸과 다시 하나가 되는 최선의 방법은 호흡을 통해서입니다. 호흡을 자각할 때 비로소 마음은 몸으로 되돌아갑니다. 몸과 함께하면서 나에게 몸이 있음을 기억하십시오. 몸의 긴장을 모두 풀고 몸을 진정시킵니다. 이것이 건강을 회복하는 첫 단계입니다. 마음을 내 집으로, 내 몸으로 가져오면 우리는 지금 여기에 굳게 자리하게 됩니다. 내 삶을 참으로 살 기회가 주어지고 매 순간을 깊이 체험할 수 있게 됩니다. 내 몸과 연결될 때 비로소 내 삶과 연결되고, 우주와도 연결되고, 지구별과도 연결됩니다.

좌선

이곳의 좌선은 보리수 아래의 좌선과 같네.
내 몸은 온통 마음챙김뿐
아무 잡념도 없네.

자리에 앉을 때면 지구별 위에 앉아 있음을 알아차리십시오.
들이쉬고 내쉬는 숨을 따라가는 훈련을 하십시오. 척추를 꼿꼿이
세우고 한 그루 나무처럼 여유로움을 느껴보십시오. 내가 흙에
뿌리를 두고 있음을 느끼고 내 몸이 하늘과 땅을 연결해준다고
생각하십시오. 그리고 호흡에만 주목합니다. 생각은 구름처럼 가
고 옵니다. 생각에 매달리지도, 따라가지도 말고 그저 지나가게
두십시오. 몸이 완전히 이완하도록 두십시오. 애쓰지 마세요. 마

음이 안정되도록 시간을 주시기 바랍니다.

좌선은 부처가 된다거나 깨달음을 얻기 위한 것이 아닙니다. 좌선은 행복해지기 위해 하는 것입니다. 그뿐입니다. 그저 여기 있기 위해 좌선합니다. 아름다운 세상이 바로 내 안은 물론 내 위, 아래, 주변에도 있음을 알아차리려고 좌선을 합니다. 그렇게 앉아 있을 수 있다면 행복은 현실이 됩니다.

한 번에 15분, 30분, 또는 45분 동안 좌선할 수도 있습니다. 비록 2, 3분밖에 앉지 못할지라도 그 시간을 즐겨야 합니다. 앉아 있는 매 순간이 도움이 됩니다. 하루를 이렇게 평화롭게 시작하고 이른 아침 고요히 앉아 시작하는 기쁨을 누리는 사람이 세상에 몇이나 될까요? 집에 있든, 학교나 직장에 있든, 자동차나 기차에 있든 하루 중 마음을 챙기며 앉을 기회는 많이 있습니다. 좌선하며 평화롭고 행복할 때 이렇게 말해보세요.

"앉아 있는 동안의 평화.
숨 쉬는 동안의 기쁨.
앉아 있는 것은 평화.
숨 쉬는 것은 기쁨."

좌선은 예술입니다.

그저 여기 있기 위해 좌선합니다.
아름다운 세상이 바로 내 안에 있음을,
내 위, 아래, 주변에도 있음을
알아차리려고 좌선을 합니다.
그렇게 앉아 있을 수 있다면
행복은 현실이 됩니다.

마음챙김 속에서
먹고 마시기

차 한 잔을 마시는 것처럼 단순하고 평범한 일에서도 커다란 기쁨과, 지구별과 연결됨을 느낄 수 있습니다. 참으로 주의를 집중한다면 한 잔의 차가 내 삶을 바꿀 수 있습니다.

때로 우리는 계속 시계를 보면서 서둘러 일과를 해결합니다. 잠시 멈추고 차를 한 잔 마실 수도 있는데 말이지요. 마침내 차 한 잔을 손에 들고 자리에 앉는다 해도 마음은 미래로 달려가버려 지금 하고 있는 일을 즐길 수가 없습니다. 그래서 차 마시는 즐거움을 잃어버리지요. 알아차림을 놓치지 말고 삶의 매 순간을 귀히 여겨야 합니다. 삶의 다른 일들이 차 마시는 일보다 즐겁지 않다고 생각할 수도 있습니다. 하지만 알아차림과 함께한다면 그런 일들이 실은 매우 즐겁다는 것을 발견하게 됩니다.

우리는 매일 차를 한 잔 마심으로써 자신에게 즐거움을 선물할 수 있습니다. 하지만 차를 즐기려면 내가 거기 온전히 존재하며 차를 마시고 있음을 깊고 명료하게 알아야 합니다. 컵을 들어 올릴 때 숨을 들이쉬며 온전히 현존해보십시오. 지금 이 순간에 자리할 때 과거와 미래에서 자유로울 뿐 아니라 생각, 걱정, 프로젝트에서도 놓여납니다. 그런 자유로움 속에서 차를 마십니다. 행복과 평화가 함께하고 삶 전체와 연결된 느낌이 들 것입니다. 차를 깊이 들여다보면 우리는 지구 어머니가 선물한 향기로움을 마시고 있음을 압니다. 찻잎을 따는 사람들의 수고로움도 보이고 스리랑카, 중국, 베트남의 윤기 나는 차 밭과 농장도 보입니다. 구름을 마시고 있다는 것도 압니다. 빗물도 마시고 있습니다. 차는 온 우주를 품고 있습니다.

밥을 먹기 전에 잠시 시간을 내어 음식에 대해 숙고하는 시간을 가져보십시오. '오관게五觀偈'(불교에서 공양할 때 외우는 다섯 구의 계송偈頌-옮긴이)를 읊으며 자비심을 지키고 생명의 고통을 덜어주는 방식으로 먹겠노라고 서원합니다. 자비가 없는 사람은 행복할 수 없습니다. 다른 사람들과 단절되어 세상과 관계를 이룰 수 없기 때문입니다. 지구 어머니를 위한 자비심도 잊어서는 안 됩니다. 음식을 먹을 때는 이 음식이 내 그릇에 오기까지 수고해준 모든 사람, 동물과 식물, 광물뿐 아니라 토양을 비옥하게 해준

지렁이, 땅을 갈아준 농부들, 곡식을 추수한 사람들을 생각하고, 동시에 내가 먹고 소비하는 방식 때문에 이미 지상에서 죽어 사라진 많은 종들을 떠올립니다.

음식을 먹기 전에 먼저 자리에 모인 사람들과 함께 호흡합니다. 음식을 보며 식사를 준비한 사람들에게 감사하고 이 음식이 나에게 오도록 해준 모든 인연에게도 감사합니다. 이 음식이 지구 어머니의 몸이며 온 우주의 몸임을 참으로 압니다. 나의 건강과 행복은 물론 지구별의 건강과 행복을 지키는 방식으로 먹겠노라고 서원합니다. 이렇게 깊이 들여다볼 때 마음은 감사함으로 차오르고 그런 마음을 표현하고 싶어집니다. 다음 '오관게'를 읊으면 그리할 수 있습니다.

깨어 있는 마음으로
깊이 듣기

오관게

1. 이 음식은 지구별과 하늘, 우주와 무수한 생명 그리고 많은 수고가 더해져 내게 온 선물입니다.

2. 이 음식을 받을 만한 가치가 있는 사람이 되도록 마음챙김과 감사하는 마음으로 먹게 하소서.

3. 부정적인 마음, 특히 탐욕을 변화시켜 적당한 양의 음식을 먹게 하소서.

4. 자비심이 늘 살아 있어 생명의 고통을 줄이고 지구별을 보존하며 지구온난화 이전으로 되돌릴 수 있도록 그렇게 먹게 하소서.

5. 이 음식을 받는 것은 형제애를 기르고, 수행 공동체를 키우며, 모든 생명을 위해 봉사한다는 목표를 키우기 위함입니다.

걷기
명상

걷기 명상을 할 때는 발걸음마다 감사하는 마음, 기쁜 마음으로 걷습니다. 지구 어머니 위를 걷고 있음을 알기 때문입니다. 나를 낳아준 지구별, 나의 일부인 지구별에게 존경하는 마음을 담아 온화한 걸음으로 걷습니다. 우리는 지금 걷고 있는 지구별이 성스러운 곳임을 알고 있습니다. 발걸음마다 지구 보살님과 연결되기에 발걸음마다 사랑과 평화가 담겼습니다. 어머니 위를 걷고 있기 때문에 마음에 깊은 존경을 담아야 합니다. 이렇게 걸으면 모든 걸음이 치유의 걸음이 되고 양분이 됩니다. 공경하는 마음으로 걸으십시오. 그리되도록 되풀이해 연습해야 합니다. 기차역이든 슈퍼마켓이든, 어디를 걷든 지구 어머니 위를 걷는 것입니다. 어디든 지금 있는 곳이 성소가 됩니다.

우리의 발걸음마다 통찰의 지혜가 담겨 있습니다. 발걸음마다 행복이 있습니다. 발걸음마다 사랑이, 지구별과 모든 존재와 나를 위한 사랑과 자비가 담겼습니다. 느린 걸음을 시도해볼 수도 있습니다. 숨을 들이쉬고 한 걸음 내딛습니다. 숨을 내쉬고 또 한 걸음을 내딛습니다.

왜 이렇게 걷는 걸까요? 대지구와 연결되고 주변 세상과 연결되기 위해서입니다. 이렇게 만나고 연결될 때, 지구별 위를 걷는 경이를 온전히 알아차릴 때 우리는 발걸음마다 기운을 얻고 치유받습니다. 이런 통찰의 지혜를 가지고 걸어간 30걸음은 나를 충전하고 치유하는 30번의 기회가 됩니다. 그러므로 걸을 때는 존재의 100퍼센트를 걷기에 쏟으십시오.

마음을 챙기며 걷는 척하면서 실제로는 슈퍼마켓에서 장 볼 계획을 세운다든가 다음 회의를 계획하지 마십시오. 몸과 마음을 다해 걸으십시오. 생각은 하지 마십시오. 남들과 이야기하고 싶다면 잠시 걷기를 멈추면 됩니다. 이렇게 걷는 동안에는 전화 통화를 하거나 간식을 먹고 싶지 않을 것입니다. 한 걸음 한 걸음을 즐기고 싶으니까요. 또한 이야기를 나누는 사람을 위해, 그리고 지금 먹는 음식을 위해 온전히 거기 있고 싶으니까요. 시간을 내어 어딘가에 앉아서 평화롭게 전화 통화를 하고, 음식을 먹고, 마음을 챙기며 주스를 드십시오.

발걸음마다 마음챙김이 있어야 합니다. 발걸음마다 내 몸과 마음에 평화를 가져와야 합니다. 발걸음마다 내가 지구별과 연결되어 있다는 통찰의 지혜를 가져와야 합니다.

걷기 명상을 할 때는 몸과 마음을 하나로 통일합니다. 호흡을 걸음과 일치시킵니다. 발걸음과 호흡을 편안하게 맞추어 조율하십시오. 숨을 한 번 들이쉬는 동안 한 걸음이나 두 걸음, 또는 세 걸음이나 네 걸음을 걸을 수 있습니다. 숨을 내쉴 때는 들이쉴 때보다 몇 걸음 더 걸어도 좋습니다.

예를 들어 숨을 들이쉬며 두 걸음을 걷고 내쉬며 세 걸음을 걷습니다. 들숨에 세 걸음을 걸었다면 날숨에는 네다섯 걸음을 걷습니다. 자신의 호흡에 맞추어 자연스럽게 걸음 수를 정합니다. 들숨에 네 걸음, 날숨에 여섯 걸음이 될 수도 있습니다. 또는 들숨에 다섯 걸음, 날숨에 여덟 걸음을 걷습니다. 이렇게 생각이 없는 상태에서 걸으며 호흡하면 매우 유쾌합니다.

걷기 명상은 지금 살고 있는 이 훌륭한 순간을 깨닫고 온전히 느끼는 방법입니다. 무언가에 마음이 매여 있거나 걱정, 고통으로 가득하다면, 또는 걷는 동안 다른 일로 마음이 산만하다면 마음챙김을 수행할 수 없습니다. 지금 이 순간을 즐길 수 없습니다. 삶을 놓치고 있는 것입니다. 하지만 깨어 있다면 삶이 내게 준 멋진 순간이 바로 지금이며 삶이 내게 존재하는 유일한 순간임을 알게 됩니다. 발걸음마다 소중함과 행복이 커집니다. 우리가 삶과 연결되고, 행복의 샘과 연결되고, 사랑하는 지구별과 연결되어 있기 때문입니다.

당신이 항상 제 안에 계시고 제가 당신 안에 있다는
자각을 늘 새로이 할 것을 약속드립니다. 당신의 건강과 행복이
곧 저의 건강과 행복임을 잊지 않을 것을 약속드립니다.
당신과 제가 함께 평화롭고 행복하고 건강하게 살기 위해서는
이런 자각이 늘 생생하게 함께해야 한다는 것을 압니다.

제 6 장 /

지구별에게
보내는
열 장의 러브레터

다음에 싣는 열 편의 명상 시는 지구별에게 보내는 연서입니다. 지구별과 친밀한 대화, 살아 있는 대화를 나누는 데 도움이 되는 사색의 시입니다. 무엇보다도 이 열 편의 명상 시를 통해 깊이 들여다보는 수행을 할 수 있습니다.

한 개인으로서 그리고 한 종으로서 우리 인간이 살아남기 위해서는 의식의 혁명이 필요합니다. 이 혁명은 먼저 집단의 깨어남으로 시작할 수 있습니다. 마음챙김과 집중을 통해 깊이 들여다보면 내가 곧 지구별임을 알게 되고, 이런 지혜로 인해 사랑과 이해가 생깁니다.

지구별과 나누는 이 대화들은 우리의 걷기 명상, 좌선, 먹기 명상 수행을 풍요롭게 해줄 수 있습니다. 호숫가에서 고요하게 앉아 있거나 밤하늘을 바라볼 때, 또는 숲 속을 걸을 때 이 시들을 음미하고 사색해보십시오. 정원을 가꾸거나 요리할 때, 거리를 걷거나 기차 여행을 할 때, 또는 비행기 여행을 할 때 이 명상 시들은 마음챙김 수행을 깊어지게 해줄 것입니다. 이 명상 시들이 서서히 의식 속으로 파고들 때 내면에서는 통찰의 지혜와 깊은 치유, 변화가 일어날 것입니다.

이 명상 시들을 홀로 읽을 수 있는 조용한 곳을 찾으십시오. 또는 여럿이 함께 큰 소리로 낭송해도 좋습니다. 지구 어머니에게 나만의 러브레터를 쓰는 것은 더 좋은 방법입니다. 지구별과 친밀한 대화를 어디서 어떻게 나눌 것인지에 대해서는 아무런 제한이 없습니다.

하나. 깊은 사랑을 받는
만물의 어머니

사랑하는 지구 어머니,

당신께 고개 숙여 경배드리며 저는 당신을 깊이 들여다봅니다.
당신이 제 안에 계시며 제가 당신의 일부임을 자각합니다. 당신
은 저를 낳아주셨고 언제나 제 곁에 계시며 저의 성장과 재충전
에 필요한 모든 것을 주셨습니다. 저의 어머니, 아버지, 모든 조상
님이 당신의 자손입니다. 저는 당신의 신선한 공기를 마시며 숨
쉽니다. 당신의 맑은 물을 마십니다. 당신의 영양 가득한 음식을
먹습니다. 당신의 약초는 아플 때 저를 치유해줍니다.

당신은 모든 존재의 어머니이십니다. 저는 지금 당신을 인간
의 언어로써 어머니라고 부르고 있지만 당신의 모성은 인간의 그
것보다 더 광대하고 오래된 것임을 잘 알고 있습니다. 당신의 많

은 자녀들 중 인간은 아직 역사가 오래지 않은 하나의 종일 뿐입니다. 지구별에서 과거에 살았거나 지금 살고 있는 수백만 다른 종들 역시 당신의 자손입니다. 당신은 사람은 아니지만 사람보다 못하지 않습니다. 당신은 별(행성)의 형태로 존재하며 숨 쉬고 살아 있는 생명입니다.

개개의 종은 다 자신만의 언어가 있지만 지구 어머니 당신은 그 모든 말을 알아들으십니다. 그래서 오늘 제 기도 역시 다 들으실 수 있습니다.

사랑하는 어머니! 흙이 있고 물과 바위와 공기가 있는 곳이면 당신은 어디나 함께하며 저에게 양분과 생명을 주십니다. 당신은 제 몸의 모든 세포 속에 계십니다. 저의 육신은 곧 당신의 육신입니다. 해와 별들은 당신 안에 있듯 제 몸 안에도 모두 있습니다. 당신은 저의 밖에 계시지 않고, 저는 당신 밖에 있지 않습니다. 당신은 그저 저를 둘러싼 환경이 아니라 더 큰 존재이십니다. 당신은 절대 저보다 못하지 않습니다.

당신이 항상 제 안에 계시고 제가 당신 안에 있다는 자각을 늘 새로이 할 것을 약속드립니다. 당신의 건강과 행복이 곧 저의 건강과 행복임을 잊지 않을 것을 약속드립니다. 당신과 제가 함께 평화롭고 행복하고 건강하게 살기 위해서는 이런 자각이 늘 생생하게 함께해야 한다는 것을 압니다.

해와 별들은 당신 안에 있듯
제 몸 안에도 모두 있습니다.
당신은 저의 밖에 계시지 않고,
저는 당신 밖에 있지 않습니다.

때로 일상의 혼란과 걱정에 파묻혀 제 몸이 당신 몸임은 물론 저에게 몸이 있다는 사실조차 잊어버립니다. 제 몸을 잊어버리고, 제 안과 밖에 있는 아름다운 지구별도 잊어버린 탓에 저는 당신께서 주신 귀중한 선물인 삶을 소중히 여기지도, 누리지도 못합니다. 사랑하는 어머니! 저는 삶의 기적을 깨닫기를 간절히 소망합니다. 저와 저의 삶을 위해, 당신을 위해 저는 매 순간 온전히 존재하는 수행을 할 것을 약속드립니다. 저의 온전한 현존이 사랑하는 당신께 드릴 수 있는 최고의 선물임을 알고 있습니다.

깨어 있는 마음으로
깊이 듣기

둘. 당신의 경이로움,
아름다움 그리고 창조성

사랑하는 지구 어머니,

매일 아침 잠에서 깨면 어머니는 당신의 아름다움을 아끼고 즐길 수 있도록 제게 새로운 24시간을 주십니다. 당신은 온갖 형태의 생명들을 기적처럼 낳으셨습니다. 당신의 자녀들 중에는 맑은 호수, 푸른 소나무, 분홍빛 구름, 눈 덮인 산봉우리, 향긋한 숲, 새하얀 백학, 황금빛 사슴, 기이한 애벌레뿐 아니라 기발한 수학자, 솜씨 좋은 장인과 천재 건축가도 있습니다. 하지만 당신이야말로 가장 위대한 수학자이시고, 가장 숙련된 장인이시며, 최고의 재능을 가진 건축가이십니다. 벚꽃이 피어난 가지, 달팽이의 껍질, 박쥐의 날개는 모두 이 놀라운 진실을 증명합니다. 당신의 경이 하나하나에 제가 다 깨어 있고, 그 아름다움에서 생기를 얻으며 사는 것이 저의 깊은 소망입니다. 당신의 더없는 창조성을 찬양하며 이 삶의 선물에 미소를 보냅니다.

인간 중에 재능 있는 화가들이 많다 한들 어찌 그 그림을 이 '사계절'이라는 당신의 걸작에 비교할 수 있겠습니까? 그토록 웅장한 새벽과 빛나는 황혼을 인간이 어떻게 그리겠습니까? 인간 중에도 위대한 작곡가들이 있지만 해와 별들로 연주하는 당신의 천상의 하모니나 밀려오는 파도 소리에 그들의 음악을 어찌 비교하겠습니까? 전쟁과 역경과 위험천만한 항해를 견딘 영웅들도 많지만 영겁에 걸친 위험한 여정 중에 보여준 당신의 인내와 끈기에 어찌 비교하겠습니까? 우리에게 멋진 러브 스토리가 많지만 그 누가 차별 없이 모든 존재를 끌어안는 당신처럼 큰 사랑을 할 수 있겠습니까?

사랑하는 어머니! 당신은 무수한 부처와 성자와 도인을 낳으셨습니다. 석가모니 부처님은 당신의 아이입니다. 예수그리스도는 하느님의 아들이지만 인간의 아들이고 지구별의 자녀이며 당신의 아이이기도 합니다. 성모마리아 역시 지구별의 딸입니다. 예언자 마호메트 역시 당신의 아들입니다. 모세는 당신의 자녀이고 모든 보살 역시 당신의 자녀입니다. 당신은 또한 고명한 사상가와 과학자 들의 어머니이기도 합니다. 그들은 우리 태양계와 은하수뿐 아니라 아득히 먼 곳에 있는 은하계까지도 관찰하고 이해합니다. 이런 재능 있는 자녀들을 통해서 우주와의 소통은 깊어집니다. 이렇게 위대한 존재를 많이 낳은 것을 알기에 저는 당신이 단지 무생물체가 아니라 살아 있는 혼임을 인지합니다. 당신이 깨어날 수 있는 근기根氣를 가졌기에 당신의 자녀들 역시 그런 근기를 가졌습니다. 우리는 내면에 존재하는 깨달음의 씨앗으로, 즉 가장 깊은 지혜인 동시에 상호 의존적 삶의 지혜로 조화롭게 살 수 있는 능력을 가지고 있습니다.

하지만 우리가 실천적인 측면에서 그리 잘하지 못한 때도 있습니다. 당신을 충분히 사랑하지 못한 때도 있습니다. 당신의 참모습을 잊어버리고 당신을 나 자신이 아닌 다른 어떤 것으로 대하며 배제한 때도 있었습니다. 심지어 무지와 지혜의 부족으로 당신을 경시하고 착취하고 상처내고 오염시킨 적도 있습니다. 그렇기 때문에 저는 오늘 마음속에 감사와 사랑을 담아 당신의 아름다움을 아끼고 보호할 것이며 당신의 경이로운 의식을 저의 삶에 구현하겠다고 깊이 서원합니다. 저보다 앞서가신 분들의 발자취를 따라 깨어 있는 마음과 자비로 살 것을 서원하며, 그리하여 당신의 아들 또는 딸이라고 불릴 만한 가치가 있는 사람이 될 것을 약속드립니다.

셋. 지구 어머니 위로
유유하게 걷기

사랑하는 지구 어머니,

저는 지구별에 발을 디딜 때마다 저의 어머니, 바로 당신 위를 걷고 있음을 알 수 있도록 수행하겠습니다. 지구별에 발을 디딜 때마다 당신, 그리고 당신의 모든 경이로움과 연결될 기회가 옵니다. 발걸음마다 사랑하는 어머니, 당신이 제 밑에만 있는 것이 아니라 제 안에도 있다는 사실을 느낄 수 있습니다. 마음을 챙기며 부드럽게 걷는 발걸음은 저를 살찌우고 치유하며 지금 이 순간 자신과 교감하고 당신과 교감하도록 해줍니다.

마음챙김 속에서 걸으며 저는 소중한 지구별, 당신에 대한 사랑과 존경, 염려의 마음을 표현할 수 있습니다. 몸과 마음이 별개가 아니라는 진실과도 마주할 것입니다. 깊이 들여다보기를 통해

깨어 있는 마음으로
깊이 듣기

당신의 참모습을 알도록 수행하겠습니다. 당신은 저의 사랑하는 어머니이시며, 살아 있는 생명체이고, 거대하고 아름답고 귀중한 경이로움을 구현한 위대한 존재이십니다. 당신은 물질일뿐 아니라 마음이기도 하고 의식이기도 합니다. 아름다운 소나무나 여린 옥수수 알갱이가 앎을 지니듯이 당신 역시 그러합니다. 사랑하는 어머니 지구이시여, 당신 안에는 물질을 구성하는 4대 요소인 흙, 물, 바람, 불이 있습니다. 또한 시간, 공간, 의식도 있습니다. 저의 모습은 곧 당신의 모습이고 우주의 모습이기도 합니다.

사랑과 존경을 담아 저는 유유하게 걷고 싶습니다. 저는 몸과 마음이 하나된 상태로 걸을 것입니다. 발걸음마다 즐겁고, 발걸음마다 살찌며, 발걸음마다 치유가 일어나는 그런 걸음으로 걸을 수 있습니다. 저의 몸과 마음을 위해서, 그리고 사랑하는 지구 어머니 당신을 위해서 말입니다. 당신은 전체 태양계에서 가장 아름다운 별입니다. 사랑하는 어머니, 저는 당신에게서 달아나고 싶지도, 발걸음을 재촉하고 싶지도 않습니다. 저는 지금 여기에서 당신과 함께 행복을 찾을 수 있음을 압니다. 미래의 더 나은 행복의 조건을 찾기 위해 서두를 필요가 없습니다. 발걸음마다 저는 당신 안에서 쉽니다. 발걸음마다 당신의 아름다움과, 당신의 섬세한 대기의 베일과, 중력의 기적을 즐깁니다. 저는 생각을 멈출 수 있습니다. 여유롭게, 함의 없는 무위자연처럼 걸을 수 있습니다. 이런 마음으로 걸으면 깨달음을 체험할 수 있습니다. 제가 살아 있음을, 삶이 소중한 기적임을 깨달을 수 있습니다. 저는 절대 혼자가 아니며 절대 죽지 않는다는 사실을 깨달을 수 있습니다. 한 걸음 걸을 때마다 당신은 언제나 제 안에, 그리고 저의 주변에 계시며 저를 살찌우고 포옹해주고 저를 안고 멀리 미래로 데려가십니다.

사랑하는 어머니, 당신은 우리가 좀 더 자각과 감사를 품고 살기를 소망하십니다. 나날의 삶에서 마음챙김, 평화, 안정, 자비의 에너지를 만들어낼 때 우리는 그리할 수 있습니다. 그러므로 오늘 저는 당신 위를 걷는 발걸음마다 사랑과 부드러움을 채워 당신의 사랑에 보답하고 당신의 소망을 들어드리겠다는 약속을 드립니다. 저는 그저 물질 위를 걷고 있지 않습니다. 저는 혼 위를 걷고 있습니다.

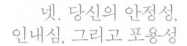

넷. 당신의 안정성,
인내심, 그리고 포용성

사랑하는 지구 어머니,

무한히 아름다운 푸른 별 당신은 향기롭고 시원하고 친절합니다. 무량한 인내심과 지구력은 당신을 위대한 보살로 만들었습니다. 비록 우리가 많은 실수를 하지만 당신은 항상 용서하십니다. 당신에게 돌아갈 때마다 두 팔을 활짝 벌려 우리를 안아주십니다.

불안정할 때마다, 자신과의 교감을 잃을 때마다, 또는 망각·슬픔·증오·절망에 빠져 허우적거릴 때마다 저는 당신께 돌아올 수 있다는 것을 압니다. 당신과 연결되면 쉴 곳을 얻습니다. 평화와 기쁨, 자신감을 회복할 수 있습니다. 당신은 우리 모두를 차별 없이 사랑하고 보호하고 길러줍니다.

당신은 당신 앞에 던져지는 모든 것을, 그것이 소행성이든 쓰

레기든 오물이든 방사성 폐기물이든 다 받아들이고 처리하고 변화시킬 수 있는 엄청난 힘이 있습니다. 비록 수백만 년이 걸릴지라도 당신이 항상 정화에 성공했음을 역사가 보여줍니다. 달의 탄생을 가져온 그 엄청난 충돌 후에도 당신은 평형을 되찾았고 이후로도 최소 다섯 번의 대멸종을 겪었지만 항상 소생했습니다. 당신은 자신을, 그리고 당신의 자녀인 우리를 소생시키고 변화시키고 치유하는 비범한 능력을 지니고 있습니다.

저는 당신의 위대한 치유력을 믿습니다. 이런 믿음은 누군가의 종용을 받은 것이 아니라 저만의 관찰과 경험에서 나왔습니다. 그렇기 때문에 제가 당신 품에 안겨 쉴 수 있음을 압니다. 걷고 앉고 숨 쉬며 저를 당신에게 온전히 맡깁니다. 당신을 완전히 믿고, 당신이 저를 치유하시도록 모두 맡깁니다. 저는 아무것도 할 필요가 없음을 압니다. 그저 마음을 내려놓고, 몸 안의 모든 긴장을 내보내고, 마음속의 두려움과 걱정을 놓아버리면 됩니다. 앉든 걷든 눕든 서든, 무엇을 하든 저는 당신 품에서 쉬며 당신이 저를 안고 치유하게 둡니다. 당신에게 저를 맡깁니다, 지구 어머니이시여. 우리는 모두 쉴 곳이 필요하지만 그곳을 찾는 법도 그곳으로 가는 길도 모를 때가 있습니다. 오늘 주변을 깊이 보며 저는 저의 진정한 집, 참된 안식처가 사랑하는 지구별 당신임을 깨달았습니다. 저는 당신 품에서 쉽니다, 지구 어머니이시여. 당신을 찾으러 어디론가 갈 필요가 없습니다. 당신은 이미 제 안에 계시고 저는 이미 당신 안에 있습니다.

사랑하는 어머니이시여, 당신이 제 안에 계시기 때문에 저는 대지 위에 고요히 앉을 때마다 당신의 훌륭한 성품을 구현할 수 있습니다. 견고함과 끈기와 인내와 참을성을, 깊이와 지구력과 안정성을 체현할 수 있습니다. 그리고 커다란 용기를 내어 두려움을 놓아버리고 끝없는 창조성을 발휘할 수 있습니다. 이런 성품들을 실현하기 위해 진심으로 수행할 것을 서원합니다. 당신께서 이미 이런 가능성을 제 마음에 심어놓으셨음을 알기 때문입니다.

오늘 주변을 깊이 보며 저는
저의 진정한 집, 참된 안식처가
사랑하는 지구별 당신임을 깨달았습니다.
저는 당신 품에서 쉽니다,
지구 어머니이시여.

다섯.
지상의 천국

사랑하는 지구 어머니,

지구별 위를 걸으면서도 이곳이 바로 자신들이 평생을 찾아다 닌 멋진 곳임을 알지 못하고 약속의 땅을 찾아 헤매는 사람들이 있습니다. 우리는 놀랍고도 아름다운 천국이며 태양계에서 가장 아름다운 별, 천국 중에서도 가장 아름다운 천국에 있습니다. 우 리는 과거의 무수한 불보살이 현신하여 깨달음을 이루고 법을 가 르치는 정토에 있습니다.

저는 부처님의 정토가 서쪽에 있으며 제가 죽으면 갈 천국이라 고 생각하지 않습니다. 천국은 여기 지구별에 있습니다. 하느님 의 왕국은 바로 지금 여기에 있습니다. 천국에 가기 위해 죽을 필 요가 없습니다. 우리는 발걸음마다 천국과 연결될 수 있습니다.

깨어 있는 마음으로
깊이 듣기

역사적 차원에서 현재 순간을 깊이 만나면 천국을 만나고 정토를 만나고 궁극을 만나고 영원을 만나는 것입니다. 지구별과, 그리고 삶의 경이와 깊이 만날 때 자신의 참모습도 만납니다. 화려하고도 정교한 꽃을 피운 난을 볼 때, 눈부신 햇살을 볼 때, 또는 기적 같은 제 몸을 볼 때, 만약 이것들이 천국에 속하지 않는다면 대체 무엇이 천국일까요? 한 조각 구름이든 떨어지는 낙엽이든 지구별을 깊이 바라보면 본래 모습을 볼 수 있습니다. 사랑하는 어머니 당신과 함께할 때 우리는 영원 속에 존재할 수 있습니다. 우리는 한 번도 태어난 적이 없고 절대로 죽지도 않습니다. 이것을 깨닫고 나면 삶에 절로 감사하게 되고 삶을 온전히 즐길 수 있으며 늙음과 죽음을 두려워하지 않습니다. 콤플렉스에 사로잡히지도 않으며 상황이 지금과는 달랐으면 좋겠다고 바라지도 않습니다. 우리는 이미 우리가 찾고 있는 그것이며, 이미 그것을 가지고 있습니다.

천국은 밖이 아니라 마음속에 존재합니다. 발걸음마다 천국을 만날 수 있는지 없는지는 우리가 어떻게 보고 듣고 걷느냐에 달려 있습니다. 마음이 고요하고 평화롭다면 지금 걷고 있는 이 땅이 천국이 됩니다.

자신들의 천국에는 고통이 없다고 말하는 사람들도 있습니다. 하지만 고통이 없다면 어떻게 행복이 있을 수 있겠습니까? 꽃을 기르려면 퇴비가 필요하고 연꽃을 보려면 진흙이 필요합니다. 이런 것들을 깨달으려면 우리에게 어려움이 필요합니다. 왜냐하면 깨달음이란 잘 모르던 어떤 것을 깊이 이해하는 일이기 때문입니다.

사랑하는 어머니, 저는 이렇게 세상을 바라보는 법을 익히겠노라고 약속드립니다. 지금 여기에 마음을 챙기며 평화롭게 머무는 수행을 즐기겠노라고, 그래서 밤이고 낮이고 정토와 천국을 만나겠노라고 약속드립니다. 발걸음마다 영원과 접하겠노라고 약속드립니다. 발걸음마다 이 지상에서 천국을 만나겠습니다.

깨어 있는 마음으로
깊이 듣기

여섯. 영겁에 걸친
우리의 여정

　사랑하는 지구 어머니,

　태양 아버지의 대폭발 후 먼지와 가스 속에서 당신이 처음 생겨났던 때를 기억하십니까? 당신은 지금처럼 상쾌하고 부드러운 망토를 아직 걸치지 못했습니다. 45억 년 전 그때 어머니 당신은 용암으로 옷을 만들었지요. 머잖아 용암이 식어 단단한 지각이 되었습니다. 비록 아버지의 빛은 지금보다 약했지만 어머니의 대기층은 열을 포획해 바다가 얼지 않도록 했습니다. 최초의 200~300만 년 동안 당신은 많은 어려움을 극복하고 생명을 키울 환경을 만들었습니다. 당신은 화산을 통해 많은 열과 불, 가스를 내뿜었습니다. 증기가 당신의 지각을 뚫고 나가 대기 중 수증기가 되고 바다의 물이 되었습니다. 당신의 중력은 생명을 유지시

켜주는 하늘을 고정시켰고, 자기장은 그 하늘이 태양풍과 우주선에 의해 딸려 나가지 않도록 해주었습니다.

대기층을 형성하기 전에도 당신은 화성 정도 크기의 천체와 충돌했고 그를 견뎌냈습니다. 그 천체의 일부는 당신이 되었고 나머지는 맨틀, 지각과 결합해 달이 되었습니다. 사랑하는 어머니, 천사처럼 아름다운 달은 당신의 일부입니다. 여동생과도 같은 달은 당신을 따라다니고, 당신이 속도를 늦추고 균형을 이룰 수 있도록 도우며, 당신 몸에 조수의 간만을 일으킵니다.

태양계 전체가 환희롭고 조화로운 춤을 추며 태양 아버지 주위를 도는 하나의 가족입니다. 첫 번째로 태양에 가장 가까우며 금속성이고 분화구가 많은 수성이 있습니다. 다음에는 강렬한 열과 고압의 대기, 화산을 가진 금성이 있습니다. 그다음에 가장 아름다운 당신, 지구 어머니가 있습니다. 당신 너머에는 차갑고 황량한 화성이 있습니다. 소행성대를 지나면 가스로 이루어진 거대한 목성이 있습니다. 행성들 중에서 가장 큰 목성 주위에는 위성들이 많습니다. 목성 너머에는 장엄한 줄무늬가 있는 토성이 있고, 그 너머에는 충돌 후에 약간 기울어진 천왕성이 있습니다. 저 멀리 청색으로 빛나는 해왕성에는 난폭한 폭풍과 강풍이 불곤 합니다. 이런 장관을 바라보며 저는 지구 어머니 당신이 우리 태양계에서 가장 귀중한 꽃이며 우주의 진정한 보석임을 알았습니다.

당신이 최초의 생명체를 출현시키는 데는 무려 10억 년이 걸렸습니다. 우주에서 온 복잡한 분자들이 자기 복제의 구조를 가지고 한데 합치기 시작하였고, 살아 있는 세포와 유사한 것으로 서서히 변했습니다. 수백 광년 떨어진 별에서 온 광선 입자가 잠시 당신 곁에 머물기도 했습니다. 작은 세포들이 서서히 큰 세포가 되고, 단세포생물이 진화하여 다세포생물이 되었습니다. 바닷속 깊은 곳에서 생명이 발달하기 시작하였고, 생육하고 번성하여 점차 질 좋은 대기층을 만들었습니다. 서서히 오존층이 형성되어 유해한 빛이 당신의 지표면에 닿지 못하게 되었고, 땅 위의 생명들이 번성할 수 있게 되었습니다. 바로 이때 광합성이라는 기적이 시작되어 당신은 오늘날과 같은 풍요로운 초록빛 망토를 입게 되었습니다.

하지만 모든 현상은 무상하고 또 항상 변화합니다. 광활한 지구별 곳곳에 몸담고 사는 생명은 이미 다섯 번이나 대대적인 멸종과 파괴를 경험했습니다. 그 시작은 6,500만 년 전 공룡을 완전히 멸종시키고 다른 종들도 75퍼센트나 멸종시켰던 거대한 소행성의 충돌이었습니다. 어머니, 그동안 겪으셨던 모든 험난한 사건에도 불구하고 한결같은 당신의 인내심과 창조성에 저는 경외의 마음을 보낼 뿐입니다. 우리가 영겁 동안 함께했던 범상치 않은 여행을 저는 기억할 것이며 우리 모두가 당신의 자녀이고 또

별로 이루어진 생명체임을 잊지 않을 것을 약속합니다. 이토록
영화로운 생명의 교향곡에 저만의 기쁨과 조화 에너지를 보태어
제 역할을 다할 것을 약속합니다.

깨어 있는 마음으로
깊이 듣기

일곱. 당신의 궁극적 실재:
죽음도 두려움도 없습니다

사랑하는 지구 어머니,

당신은 저 멀리 있는 초신성의 먼지와 고대의 별들에서 태어났습니다. 당신의 현현은 단지 삶의 연속 중 일부일 뿐입니다. 지금 형태로 더는 존재하지 않게 될지라도 당신은 다른 형태로 계속될 것입니다. 당신의 본성은 실재의 궁극적 차원으로서 가고 옴은 물론 생과 사도 없습니다. 이는 우리의 본성이기도 합니다. 이런 진리를 접할 수 있다면 두려움이 없는 평화와 자유를 체험할 수 있습니다.

하지만 우리의 좁은 시야 때문에 우리는 여전히 육신이 와해되면 어떻게 될까 하고 궁금해합니다. 우리는 죽으면 그저 당신에게 돌아갈 뿐입니다. 당신은 과거에 우리를 낳아주셨고 앞으로도 여러 번 우리를 낳아주실 것을 압니다. 우리는 절대 죽을 수 없음을 압니다. 단, 매번 현현할 때마다 우리는 신선하고 새로운 존재입니다. 지구별로 돌아올 때마다 당신은 커다란 자비로 우리를 받아주고 안아줍니다. 우리는 깊이 들여다보기를 수행하여 이런 진리를, 우리의 수명이 곧 당신의 수명이며 당신의 수명은 무한이라는 진리를 만나고 깨달을 것을 약속합니다.

우리는 궁극적 차원(실체)과 역사적 차원(현상)이 동일한 실재의 두 차원임을 압니다. 따라서 역사적 차원(풀잎, 꽃, 조약돌, 빛, 산, 강, 새 또는 우리 몸)을 접할 때 궁극적 차원 역시 접할 수 있습니다. 하나를 깊이 알면 모든 것을 알게 됩니다. 이것이 연결된 삶의 원리입니다.

어머니, 이제 당신의 몸을 제 몸으로, 태양을 저의 심장으로 볼 것을 서원합니다. 수행을 통해 몸 안의 모든 세포에서 당신과 태양을 보겠습니다. 한 장의 여린 이파리에서도, 번뜩이는 번개 속에서도, 한 방울 물속에서도 지구 어머니와 태양 아버지를 발견하겠습니다. 부지런히 궁극적 차원을 보도록 수행해서 우리의 참본성을 깨닫겠습니다. 수행을 통해 우리가 한 번도 태어난 적이 없고 앞으로도 절대 죽지 않음을 깨닫겠습니다.

궁극적 차원에서는 생사도, 유무도, 선악도, 고통과 행복도 없음을 압니다. 이미지와 겉모습의 피상적인 세계를 상호 연결된 삶의 지혜로 깊이 꿰뚫어 보도록 훈련할 것이며, 그를 통해 만약 죽음이 없다면 태어남도 없고, 고통이 없다면 행복도 없고, 진흙이 없다면 연꽃도 자랄 수 없음을 알아보겠습니다. 우리는 행복과 고통, 생과 사가 서로에게 기대고 서로 연하여 존재함을 압니다. 이런 반대어로 이루어진 한 쌍들은 단지 개념에 불과합니다. 실재에 대한 이런 이원적 관점을 초월하면 불안과 두려움에서 해방됩니다.

궁극을 접하면 우리는 행복하고 편안하며 모든 개념에서 자유로워집니다. 하늘을 높이 나는 새처럼, 숲 속을 뛰노는 사슴처럼 자유롭습니다. 마음챙김 속에서 깊은 삶을 살아가면 서로 연하여 일어나고 서로 연결되어 존재하는 우리의 참모습을 알게 됩니다. 우리는 어머니 당신과 하나이고 전 우주와 하나임을 압니다. 궁극적 실재는 모든 개념과 앎을 초월합니다. 그것은 인격적·비인격적이라고도 할 수 없고, 물질적·영적이라고도, 마음의 주체·객체라고도 할 수가 없습니다. 궁극적 실재는 언제나 빛을 발하고 스스로 빛나고 있습니다. 밖에서 궁극을 찾을 필요가 없습니다. 지금 바로 여기에서 우리는 궁극을 접하고 있습니다.

어머니, 이제 당신의 몸을 제 몸으로,
태양을 저의 심장으로 볼 것을 서원합니다.
한 장의 여린 이파리에서도,
번뜩이는 번개 속에서도,
한 방울 물속에서도 지구 어머니와
태양 아버지를 발견하겠습니다.

여덟. 나의 심장, 태양 아버지

태양 아버지,

당신의 무한한 빛은 모든 생물에게 자양분을 줍니다. 당신은 무한한 빛과 생명의 원천입니다. 당신은 지구 어머니를 비추어 우리에게 온기와 빛을 주시고, 지구 어머니가 모든 종에게 양분과 생명을 주도록 돕습니다. 지구 어머니를 깊이 들여다보면서 저는 그분 안에 계신 당신을 봅니다. 당신은 하늘에만 계시지 않습니다. 지구 어머니와 제 안에 언제나 계십니다.

매일 아침이면 당신은 동쪽에서 모습을 보입니다. 눈부신 장밋빛 구체가 사방으로 빛을 발합니다. 더없이 친절한 아버지이신 당신은 커다란 이해력과 자비심을 지니고 있고, 동시에 믿을 수 없을 정도로 담대합니다. 당신이 발하는 빛의 입자는 1억 5,000만

깨어 있는 마음으로
깊이 듣기

킬로미터를 단 8분 만에 여행하여 여기 우리에게 닿습니다. 매 순간 당신은 자신의 일부를 조금씩 덜어내어 지구별에게 빛 에너지를 주십니다. 당신은 모든 이파리마다, 모든 꽃마다, 모든 세포마다 다 존재하십니다. 하지만 플라스마로 이루어진 당신의 거대한 몸체는, 지구별의 33만 배 크기인 당신의 몸체는 천천히 줄어들고 있습니다. 차후 100억 년 안에 당신 몸 대부분은 에너지로 변하여 우주 곳곳에 전해질 것입니다. 그때 당신은 비록 지금의 형태로 보이지는 않겠지만 당신이 발사한 모든 광자 속에서 계속될 것입니다. 사라지는 것은 없습니다. 단지 변할 뿐입니다.

아버지! 지구 어머니와 이루신 당신의 창조적 시너지는 생명을 가능하게 하셨습니다. 어머니는 궤도에서 약간 기울어 우리에게 사계절을 주었습니다. 어머니는 당신의 에너지를 이용하여 기적적으로 산소를 생성해냈고 우리를 당신의 가혹한 자외선에서 보호해주었습니다. 영겁에 걸쳐 어머니는 당신의 빛을 지혜롭게 거두고 저장하여 자녀들을 살리고 자신의 아름다움을 배가했습니다. 당신이 지구 어머니와 이룬 창조적 조화 덕분에 새들은 즐겁게 하늘을 훨훨 날고 사슴은 숲 속을 뛰어다닙니다. 당신의 자비로운 빛과 우리를 포용하고 보호하고 길러주는 기적 같은 대기층 덕분에 모든 종은 기쁨을 누립니다.

우리에게는 심장이 있습니다. 만약 심장이 더는 뛰지 않는다면 우린 즉사할 것입니다. 하지만 하늘을 올려다보면 태양 아버지, 당신 역시 저의 심장임을 압니다. 당신은 작은 제 몸 밖에 계신 것이 아니라 제 몸과 지구 어머니 몸속 모든 세포에 계십니다.

아버지! 당신은 전 우주와 태양계의 필수적 일부입니다. 만약 당신이 사라진다면 제 삶과 지구 어머니의 삶도 끝날 것입니다. 저는 태양 아버지 당신을 깊이 들여다봄으로써 당신이 저의 심장임을 알기를 소망합니다. 그리고 태양 아버지와 지구 어머니, 저와 모든 존재가 연결되어 있음을 알기를 원합니다. 저는 수행을 통해 지구 어머니와 태양 아버지를 사랑하기를 소망하며, 인간들이 '비이원성'이라는 삶의 빛나는 통찰지를 통해 서로를 사랑하여 온갖 차별과 두려움, 질투, 원망, 증오, 절망을 뛰어넘기를 소망합니다.

아홉. 의식을
가진 인간

사랑하는 지구 어머니,

우리는 자신에게 '생각하는 사람'이라는 의미의 '호모 사피엔스'라는 이름을 주었습니다. 우리 종의 선도자들은 몇백만 년 전에 '오로린 투게넨시스'라는 유인원의 형태로 나타나기 시작했습니다. 이들은 직립을 통해 자유로워진 손으로 많은 일을 할 수 있었습니다. 도구를 사용하고 소통의 방법을 익히자 두뇌가 발달했습니다. 600만 년에 걸쳐 이들은 서서히 호모 사피엔스로 진화했습니다. 농업과 사회가 등장하자 우리 종은 새로운 능력을 습득했습니다. 자신을 의식하기 시작했고 우주 안에서 우리의 자리에 의문을 품기 시작했습니다. 동시에 우리의 참모습과는 어울리지 않는 특성도 발달했습니다. 무지와 고통으로 인해 우리는 잔인하고 몹쓸 폭력을 행사했습니다. 하지만 영적 수행을 통해 우리 종뿐 아니라 다른 종들에 대해서도 자비롭게 행동하고 도움을 줄 수 있는 능력, 부처와 성자와 보살이 될 수 있는 능력도 우리는 가지고 있습니다. 모든 인간은 예외 없이 깨친 존재가 될 가능성을 가지고 있어 어머니 당신을 보호하고 당신의 아름다움을 지켜줄 수 있습니다.

인간이든 동물이든 식물이든 광물이든 모두 깨침의 본성이 있습니다. 우리 모두가 당신의 자손이기 때문입니다. 우리 인간들은 의식을 자랑스러워합니다. 높은 배율의 망원경으로 먼 은하계를 관찰할 수 있는 능력을 자랑합니다. 하지만 이 의식이, 내 의식이 바로 어머니 당신의 의식임을 아는 사람은 별로 없습니다. 당신은 우리를 통해 우주에 대한 이해를 심화하고 있습니다. 그러나 자신과 우주를 자각하는 능력이 자랑스러운 우리는 오히려 구분하고 개념화하는 습관이 우리 의식을 제한하고 있다는 사실을 간과합니다. 우리는 생사를 구분하고, 유무를, 안팎을, 개인과 집단을 구분합니다. 그럼에도 불구하고 이미 깊이 들여다본 사람, 자각을 닦고 습관적 성향을 극복하여 무분별의 지혜를 얻은 사람들이 있습니다. 이들은 자신의 안과 밖에 있는 궁극적 차원을 접할 수 있었습니다. 그들은 계속 진화의 길을 걸으며 사람들을 비이원성의 통찰지로 이끌어 모든 분리와 차별, 두려움, 증오, 절망을 변화시켰습니다.

어머니, 알아차림이라는 귀중한 선물 덕분에 우리는 자신의 현존을 깨닫고, 당신 안에서 그리고 이 우주 안에서 우리의 참 자리를 알아볼 수 있습니다. 인간은 더는 자신이 우주의 주인이라고 생각하지 않습니다. 우주에 비할 때 우리는 미소한 존재이지만 마음만은 수많은 세상을 가로지를 수 있음을 압니다. 우리의 아름다운 별 지구는 우주의 중심이 아님을 알지만 그래도 우주의 수많은 경이로운 현현물 중 하나로 볼 수 있습니다. 우리는 과학 기술의 발전을 통해 실재의 참모습에 생사, 유무, 증감, 동이同異가 없음을 발견했습니다. 하나는 모든 것을 담고 있음을, 가장 작은 것 속에 가장 큰 것이 있음을, 먼지 한 톨 속에 온 우주가 있음을 깨닫습니다. 우리는 당신을 사랑하고 태양 아버지를 더 사랑하는 법을 배우며 '연결된 삶'이라는 지혜의 빛 속에서 서로를 사랑하는 법을 배웁니다. 그리고 이렇게 비이원적으로 사물을 보는 법이 모든 차별, 두려움, 질투, 증오, 절망을 뛰어넘도록 우리를 도와줌을 알고 있습니다.

보리수 아래에서 완전한 깨달음을 얻으신 석가모니는 당신의 자녀였습니다. 구도의 오랜 여정 후에 부처님은 지구별이 우리의 진정하고 유일한 집임을 깨달았습니다. 그리고 바로 여기에서 천국과 전 우주와 궁극적 차원을 당신과 함께 만날 수 있음을 알았습니다. 어머니, 우리는 수많은 생애 동안 당신과 함께하며 당신에게 우리의 재능과 힘을 드릴 것을 약속합니다. 그리하여 더 많은 보살들이 당신의 땅에서 계속 나오게 할 것을 약속드립니다.

깨어 있는 마음으로
깊이 듣기

열. 당신은 우리를
믿을 수 있나요

　사랑하는 지구 어머니,

　인간이라는 종은 당신의 많은 자녀들 중 하나일 뿐입니다. 불행히도 많은 사람이 탐욕, 자존심, 번뇌에 눈이 멀어 당신을 자신의 어머니로 알아보지 못합니다. 이런 사실을 깨닫지 못한 채 당신에게 큰 해를 끼치고 당신의 건강과 아름다움을 위태롭게 했습니다. 어리석은 마음이 당신을 착취하고 더 많은 불화를 만들어냈으며 당신과 모든 생명을 위협하고 스트레스를 받게 했습니다. 하지만 깊이 들여다보면 당신에게는 우리가 야기한 모든 해악을 끌어안고 변화시킬 인내와 끈기와 에너지가 충분히 있음을 알 수 있습니다. 비록 수억 년이 걸린다고 할지라도 말입니다.

　탐욕과 자존심이 인간의 기본적 생존 욕구를 장악할 때 결과는 항상 폭력과 불필요한 파괴로 나타납니다. 한 종이 자연적 한계를 초과하여 너무 급속하게 발달할 때마다 커다란 상실과 피해가 오고 다른 종들의 생명이 위험에 처한다는 것을 우리는 압니다. 평형을 회복하기 위해서는 그 종의 파괴와 멸종을 가져올 원인과 조건이 자연적으로 일어나야 합니다. 그리고 흔히 그런 원인과 조건은 파괴적인 종에서 자체적으로 나옵니다. 자신의 종과 다른 종들에게 폭력을 자행하는 것은 바로 자신에게 폭력을 행하는 것임을 우리는 배웠습니다. 즉, 모든 존재를 보호하는 법을 알 때 비로소 자신도 보호하는 것입니다.

우리는 만물은 무상하고 독자적인 자성이 없음을 이해합니다. 당신과 태양 아버지는 우주의 다른 존재들처럼 항상 변하고 있고, 당신은 당신이 아닌 요소들로만 이루어져 있습니다. 그러므로 궁극적 차원에서 당신은 생과 사, 유와 무를 뛰어넘습니다. 어쨌든 우리는 당신을 보호하고 균형을 회복해야 합니다. 당신이 이 아름답고 소중한 형태로 오랫동안 존속되도록 만들어야 합니다. 단지 우리의 아이들만을 위해서가 아니라 차후로 5억 년이 넘도록 그래야 합니다. 당신이 우리 태양계 안에서 영원토록 영광스러운 보석으로 남아 있게 하고 싶습니다.

우리가 매 순간 삶을 아끼고 마음챙김, 평화, 견실, 자비, 사랑의 에너지를 생산하며 살기를 당신이 원하신다는 것을 압니다.

깨어 있는 마음으로
깊이 듣기

당신의 소망을 만족시키고 당신의 사랑에 응하겠다고 서원합니다. 이런 건강하고 긍정적인 에너지를 생산하면 지구 상의 고통을 줄이고 폭력, 전쟁, 기아, 질병으로 초래한 고통을 완화할 수 있다는 것을 가슴 깊이 믿습니다. 우리의 고통이 완화되면 당신의 고통도 완화됩니다.

어머니, 천재지변으로 우리가 큰 고통을 받은 적도 있었습니다. 우리가 고통받을 때마다 당신도 우리를 통해 고통받으심을 알고 있습니다. 홍수, 회오리바람, 지진, 쓰나미는 벌이 아닙니다. 당신의 분노가 표현된 것도 아니고, 다만 때로 당신이 균형을 회복하기 위해 일어나는 현상입니다. 유성도 마찬가지입니다. 자연의 균형을 회복하려면 때로 몇몇 종은 희생을 감수해야 합니다. 그런 순간이면 우리는 어머니 당신께로 가서 당신을 믿을 수 있는지, 당신의 안정성과 자비심을 믿어도 되는지 묻곤 했습니다. 당신은 바로 답을 주시지는 않았지만 이윽고 대자대비의 눈길로 우리를 보며 대답하셨습니다.

"당연하지. 너희는 어머니를 믿어도 돼. 나는 항상 너희 곁에 있을 거란다."

그리고 당신은 또 말씀하셨지요.

"애들아, 너희도 자신에게 물어보렴. 지구가 너희를 믿어도 되겠니?"

어머니, 오늘 당신께 엄숙히 답을 드립니다.

"네, 어머니, 저희를 믿으셔도 됩니다."

깨어 있는 마음으로
깊이 듣기

우주 종교를
향하여

　우리는 증명할 수 없는 것들에 대한 믿음, 또는 독단에 근거하지 않고 오직 증거에만 근거하여 깊은 영적 수행을 계속해나갈 수 있습니다. 지구가 위대한 존재라고 말하는 것은 개념에 불과한 것이 아닙니다. 우리는 이 진리를 스스로 알 수 있습니다. 우리는 지구가 끈기, 안정성, 포용성을 가지고 있음을 알 수 있습니다. 지구가 아무런 차별 없이 모든 사람과 사물을 포용하는 것을 알 수 있습니다. 지구가 불보살과 성자를 비롯하여 수많은 위대한 존재를 낳았다고 말하는 건 그저 과장이 아닙니다. 부처, 예수, 모세, 마호메트는 모두 지구의 자녀입니다. 그렇게 많은 위대한 존재들을 낳은 지구를 어떻게 그저 물질이라고 말할 수 있을까요?

　지구가 생명을 창조한 것은 그녀가 내면에 전 우주를 가지고 있기에 가능한 일이었음을 압니다. 지구가 지구인 것만은 아니 듯 우리 역시 인간인 것만은 아닙니다. 우리는 안에 지구와 전 우 주를 가지고 있습니다. 우리는 태양으로 만들어졌습니다. 우리는 별들로 만들어졌습니다. 이런 참모습을 접하며 우리는 우주가 단 지 우리보다 큰 무엇이라거나 우리와 다른 것이라는 이원적 관점 을 뛰어넘습니다. 역사적 차원인 현상계와 깊이 접하면서 탄생도 없고 죽음도 없는 우리의 참모습을 깨달을 수 있습니다. 모든 두 려움을 뛰어넘어 영원을 만날 수 있습니다.

자신과 자연에 대한 이해, 그리고 우주 안에서의 나의 위치에 대한 이해의 발전은 존경과 사랑이 깊어지게 합니다. 이해와 사 랑은 두 개의 근본적 욕구입니다. 이해는 사랑과 연관성이 있습 니다. 이해는 우리를 사랑의 방향으로 데려다줄 수 있습니다. 우 주의 위대한 조화, 숭고성, 아름다움을 이해하고 알아차리면 커 다란 경탄과 사랑이 느껴집니다. 바로 이것이 가장 기본적인 종 교적 느낌이며, 객관적 증거와 우리 자신의 체험에 토대를 둔 것 입니다. 인류에게는 모두가 함께 수행할 수 있는 일종의 영성이 필요합니다. 독단주의와 광신주의는 커다란 분리와 전쟁을 야기 했습니다. 오해와 불경不敬은 거대한 부정과 파괴의 원인이었습니 다. 21세기에는 모든 사람과 모든 나라가 하나 되어 모든 차별과 분리를 없앨 수 있는 종교가 있어야 합니다. 기존의 종교와 철학,

깨어 있는 마음으로
깊이 듣기

과학이 이 방향으로 가는 노력을 한다면 신화, 믿음, 독단에 근거하지 않고 삶의 통찰지에 근거한 우주 종교를 설립할 수 있을 것입니다. 그리고 그것은 인류를 위한 거대한 도약이 될 것입니다.

늙은
탁발승

그대는 바위였고, 가스였고, 안개였고, 마음이었네.

그대는 은하계를 광속으로 나는 중간자였네.

그리고 그대는 지금 여기 있네, 내 사랑이여.

그대의 푸른 눈은 너무도 아름답고 깊게 빛나네.

시작도 없고 끝도 없는 그때부터

그대는 주어진 길을 걸어왔지.

여기 오는 길에

수백만 번 태어나고 죽었노라고

그대는 말하지.

저 우주 공간에서 화염 폭풍으로 변했던 때도

무수히 많았다 하지.

자신의 몸을 사용하여 그대는
산과 강의 나이를 쟀다네.
그대는 나무로, 풀로, 나비로, 단세포 동물로
그리고 국화로 모습을 보였지.
오늘 아침 그대가 내게 준 눈길은 그러나 말하지.
한 번도 죽은 적이 없었노라고.
그대의 미소는 아무도 시원始原을 모르는 놀이,
숨바꼭질 놀이로 나를 초대하네.

오, 초록빛 애벌레여, 몸의 묵직한 움직임으로
지난여름 자란 장미 가지의 길이를 재고 있구나.
모든 사람이 말하지. 내 사랑 그대가
이번 봄에 갓 태어났노라고.
말해주시게, 그대는 여기에 얼마나 있었던 걸까?
너무도 고요하고 깊은 그 미소를 지니고
그대를 내게 보여주는 데에 왜 그리 오래도록
이 순간까지 기다렸던 것일까?
오, 애벌레여, 내가 숨을 내쉴 때마다
해와 달과 별들이 흘러나오는구나.
그대의 작은 몸속에 무한히 큰 것이 있음을

누가 알랴?
그대 몸의 각 지점마다
수천 개의 불계佛界가 있음을.
몸을 한 번 쭉 펼 때마다 그대는 시간을 재고 있지,
시작도 끝도 없는 그때부터.
옛 시절의 위대하신 탁발승은 여전히 그곳 영축산에서
장엄한 황혼을 명상하고 계시네.

석가모니불이시여, 참으로 이상하지요.
우담바라 꽃이 삼천 년에 한 번 핀다고
누가 말했을까요?

밀물이 들어오는 소리, 듣지 않을 수가 없겠지.
그대가 귀 기울인다면.

틱낫한

깨어 있는
마음으로
깊이 듣기

2016년 1월 18일 초판 1쇄 인쇄
2016년 1월 28일 초판 1쇄 발행

지은이 | 틱낫한
발행인 | 이원주
책임편집 | 김은경
책임마케팅 | 문무현

발행처 | (주)시공사
출판등록 | 1989년 5월 10일(제3-248호)

주소 | 서울시 서초구 사임당로 82(우편번호 137-879)
전화 | 편집(02)2046-2853 · 마케팅(02)2046-2894
팩스 | 편집(02)585-1755 · 마케팅(02)585-1755
홈페이지 | www.sigongsa.com

ISBN 978-89-527-7566-5 03840